魔力的胎动

[日] 东野圭吾 —— 著

王蕴洁 —— 译

北京联合出版公司
Beijing United Publishing Co.,Ltd.

图书在版编目（ＣＩＰ）数据

魔力的胎动 /（日）东野圭吾著；王蕴洁译 . 一北
京：北京联合出版公司，2019.11（2020.3 重印）
ISBN 978-7-5596-3265-4

Ⅰ . ①魔⋯ Ⅱ . ①东⋯ ②王⋯ Ⅲ . ①长篇小说一日
本一现代 Ⅳ . ① I313.45

中国版本图书馆 CIP 数据核字（2019）第 092051 号

北京市版权局著作权合同登记 图字：01-2019-3130
Laplace's movement
© Keigo Higashino 2018
First published in Japan in 2018 by KADOKAWA CORPORATION, Tokyo.
Simplified Chinese translation rights arranged with KADOKAWA CORPORATION, Tokyo
through BARDON-CHINESE MEDIA AGENCY.
The Simplified Chinese edition © 2019 Beijing Xiron Books Co., Ltd.

魔力的胎动

作　　者：〔日〕东野圭吾
译　　者：王蕴洁
责任编辑：李　红　徐　樟

北京联合出版公司出版
（北京市西城区德外大街 83 号楼 9 层　　100088）
河北鹏润印刷有限公司印刷　　新华书店经销
字数 177 千字　　　880 毫米 ×1230 毫米　1/32　　　9 印张
2019 年 11 月第 1 版　　2020 年 3 月第 2 次印刷
ISBN 978-7-5596-3265-4
定价：45.00 元

目录

·第一章——迎着那阵风飞翔·

1

倒三角形的后背完全没有赘肉，完美的背部肌肉勾勒出流畅的曲线。那由多每次看到他的背，都会联想到飞机的机翼，忍不住觉得他的后背不仅具备了力量，还能在空气中产生浮力。

他趴在床上，那由多的双手轻轻从他的后背抚向腰部，立刻察觉到不对劲儿。

"怎么样？"躺在床上的他——坂屋幸广问。

"左侧有点儿发炎。"

"果然是这样。"

那由多的双手从腰部滑向两腿。

"左侧整体都很紧绷，是不是为了保护右侧膝盖？"

坂屋叹了一口气，他的后背起伏了一下。

"是啊，上次体力测验时，教练也这么说，右侧的肌力好像比之前退步了，所以我会不知不觉地不敢用力，不光是比赛的时候，在日常生活中也一样。虽然我已经提醒自己要注意了。"

坂屋的右腿膝盖在五年前受了伤，他没有接受手术，一直撑到今天。

"不知不觉这件事最麻烦。"

"没错，但也没办法，我已经是满身是伤的老骨头了，凭我这种身体和年轻人较劲儿，根本是天方夜谭。"

坂屋又开始说丧气话。每次遇到他说这种话，那由多的回答都一样。

"你别谦虚了，每次都这么说，但在比赛时，还是想站上领奖台，而且是中间的位置。"

照理说，听到那由多这么说，坂屋应该很有自信地回答："是，没错啦。"但今天不一样，他继续趴在床上没有吭气。

那由多并没有问他："你怎么了？"因为运动员的内心世界都很复杂。

"那我就开始了，请你向左侧躺。"

坂屋挪动身体时，那由多打开了放在旁边的皮包。皮包里放着他的生财工具。那是好几十根针灸针。那由多是针灸师。

昨天晚上，接到坂屋的电话，询问能不能为他针灸。接到电话时，那由多就感到有点儿不太对劲儿，因为坂屋的声音听起来没有平时的霸气。原本以为他的身体状况很差，但来到这里诊察之后，发现并没有想象中那么严重。他的状况似乎不太好，看来不光是因为身体。

那由多为他身体表面消毒后，小心翼翼地把针灸针插了进去。

如果是普通人，将针灸针插进患部时，可以感受到好像肌肉缠住针灸针般的阻力，但顶尖运动员的优质肌肉几乎不会有这种情况。针灸针可以顺利插入，完全感受不到任何阻力，但这并不代表没有异状，在肌肉深处，存在着只有当事人才知道的微小患部。当针灸针插进患部时，指尖才终于隐约感受到异状。

坂屋不时轻轻发出呻吟，可能是针尖刺激到他的神经。那由多为坂屋针灸已经三年，非常了解他的患部位置。

因为他做得很仔细，所以花了将近一个小时，然后把最后一根针插进坂屋的左手大拇指根部。

"谢谢，不好意思，临时请你过来。"坂屋在穿衣服时道谢。

"没关系，请随时吩咐。"

"希望身体可以稍微恢复活力，"坂屋微微偏着头，"但感觉有点儿……杯水车薪。"

那由多停下收拾的手说："你难得这么没自信啊。"

"我只是开始务实思考而已。"

"务实……"

这时，传来敲门声。门虽然关上了，但可以自由打开。

"请进。"坂屋说。

门打开了，筒井利之走了进来。他还是老样子，方正的脸因为打高尔夫而晒得黝黑，Polo 衫外穿了一件羽绒服。

"结束了吗？"他问那由多，坂屋似乎把针灸的事告诉了他。

"刚结束。"

"感觉怎么样？"

"嗯……"那由多看着坂屋，有点儿犹豫。

"你不必有顾虑，"坂屋苦笑着说，"我也想听听看。"

那由多点了点头，停顿了一下后开了口。

"肌肉相当疲劳，我认为不是短期的疲劳，而是多年累积造成的。"

"也就是所谓的积劳成疾。"坂屋噘着嘴。

"但你还年轻，对比赛并没有影响。"

"希望如此。"

"别这样，既然有名医保障，你应该稍微振作点儿。"筒井皱着眉头激励他，"走吧，已经准备好了。"

"说句心里话，我现在不太想看。"坂屋显得意兴阑珊。

"怎么可以逃避？不了解自己，怎么可能在比赛中获胜？"

坂屋抓着头，重重地叹了一口气后站了起来：“那好吧。"

"要干吗？"那由多看着筒井。

"上次比赛的分析结果出炉了，工藤，你要不要一起去？"

"可以吗？"

"如果你有时间的话。"

"我很乐意。"

那由多穿上了登山夹克。

三个人走出房间，走向电梯。从走廊上的窗户向外看，发现外面飘着小雪。已经进入三月，这里仍然是冬天。

"不知道下次比赛的天气怎么样？"那由多问。

"不知道。"筒井边走边偏着头说，"天气预报说是晴天，气温也会上升。"

"南风吗？"坂屋咂着嘴，"那个跳台的顺风很可怕，搞不好就没机会了。"

走出饭店后，去停车场。道路两旁的雪堆得很高，微风轻轻吹来，把耳朵吹得很痛。

筒井的车子是面包车，坂屋坐上副驾驶座后，车子缓缓驶了出去。那由多开着小型休旅车跟在后方。因为是四轮驱动车，所以行驶在雪地上也很稳。

他们正前往筒井工作的地方——北棱大学。他是北棱大学的副教授，专门研究流体力学。

跟着筒井的车开了五分钟左右，道路右侧出现了巨大的斜坡，那是高跳台滑雪的跳台，星期六和星期日，坂屋就要挑战那个跳台。

希望只有坂屋跳的时候可以吹适合的风。那由多忍不住想到。

2

入口的门上贴着"流体力学研究室"的牌子。

"虽然不怎么整洁，但你们随便找地方坐。"筒井说完，把脱下的羽绒服放在旁边的桌子上。

研究室内有一块白板，一张很大的实验台，还有文件柜，中间还有各式各样的仪器，的确很难说是整洁。一旦发生火灾，恐怕很难逃命。

筒井不知道从哪里拿来了笔记本电脑，放在实验台上。看到坂屋在电脑前坐下后，那由多也在他旁边坐了下来。

筒井打开笔记本电脑的电源，在键盘上操作起来。不一会儿，屏幕上出现了跳台的起跳点，德文称为"Kante"。

"首先看去年的影片，那是你状况比较好的时候。"

筒井的手指伸向键盘时，电话铃响了，是研究室的内部电话。

"不好意思。"筒井说完，离开实验台，拿起了办公桌上的电话。

"喂……是，我就是筒井……客人？谁？……女生？啊？……不，我没有约任何人，可能搞错了……好。"筒井用手按着电话，一脸讶异地转头看向那由多他们，"是警卫室打来的，说有年轻女生要见我。"

"女生？是谁啊？真可疑。"坂屋不怀好意地笑了起来，"该不会是酒店小姐上门来收你欠的酒钱？"

"根本没这种东西——啊，好。"筒井又继续对着电话说了起来，"……我认识她父亲？她父亲姓什么？……羽原？哦，原来是这么回事，我了解了……好，可以让她进来。可以请你叫她来研究室吗？麻烦你了。"筒井挂上了电话。

"熟人的女儿？"

筒井听到坂屋的问话，点了点头。他说的熟人是开明大学医学院一个姓羽原的人。

"虽说是熟人，但其实只见过一次而已，在去年冲绳举办国际科学高峰会的时候认识的。"

"哦，"那由多努力回想，"我听说过，好像世界各地各方面的科学家都去参加了。"

筒井耸了耸肩说："你这么说，听起来好像是很了不起的国际会议，其实只是向世界展现日本具有高科学水平，所以连我这种程度的研究人员也受到了邀请。只不过羽原博士就不同了，他是天才脑科学家，的确足以代表日本的脑外科医生。"

"这么了不起的人的女儿来找你干吗？"

筒井抓了抓鼻翼说："八成是龙卷风的事。"

"龙卷风？"

"七年前，北海道发生威力惊人的龙卷风，造成了极大的危害。当时，我也加入了调查团，我的工作是从流体力学的角度分析危害状况。别看我这样，那才是我的本职工作。我随口向羽原博士提起这件事，他突然脸色大变。一问之下才知道，他太太在那场龙卷风中身亡。"

坂屋瞪大了眼睛："真可怜……"

"当时并没有多聊，但几天前，接到羽原博士的电话，说他女儿对我的研究产生了兴趣，问我能不能和她聊一聊，所以我就回答说，随时都欢迎，没想到她真的来了。"

筒井不知所措地偏着头时，传来敲门声。筒井大声说："请进。"

门缓缓打开，一个穿着连帽保暖外套的女生走了进来。她看起来好像高中生，也许是因为脸很小，一对凤眼令人印象深刻，一头长发从毛线帽下垂了下来。

她拿下帽子打招呼说："午安。"然后对筒井说："不好意思，突然上门打扰。"

"那倒没关系。呃，请问你是羽原博士的千金吗？"

"对，我叫羽原圆华。"

她鞠了一躬，从外套口袋里拿出一张长方形的纸。筒井接了过来，那由多伸长脖子一看，发现是手写的名片，上面写着"羽原圆华"。

筒井可能觉得只收对方的名片不好意思，也从办公桌抽屉里拿出名片交给她。

"听我爸爸说，他和你在国际科学高峰会上见过面。"圆华看着筒井的名片说。

"是啊，我刚才也正在和他们聊这件事。"

"老师，"坂屋站了起来，"这位小姐好像有重要的事找你，那我就先告辞了。"

"不，离比赛没几天了，你无论如何都要在今天看一下。"筒井说完，转过头看着圆华说，"不好意思，可以请你等我一下吗？那里有椅子，你先坐一下。"

"好。不好意思，我好像打扰到你的工作了。"

"不必放在心上。"坂屋摇了摇手，"对老师来说，跳台滑雪不是工作，而是他的兴趣。"

"嗯，我并不否认。"筒井回到实验台旁，"刚才说到哪里了？啊，对了，这是你去年状况不错时的影片，你先看一下。"

他操作笔记本电脑的键盘后，影片动了起来。一名蹲伏姿势的选手出现在左侧，纵身一跃，飞出了起跳点，随即从屏幕上消失了。

"接着再来看上次比赛时的影片。"

筒井动作熟练地在触摸板上滑动手指，和刚才不同的另一部影片立刻开始播放。影片的画面虽然也是跳台的起跳点，但周围的风景不一样。

和刚才一样，选手从左侧出现，在起跳点起跳后飞了出去。两名选手看起来都是坂屋，那由多完全看不出两次姿势有哪里不同。

"你觉得怎么样？"筒井问坂屋。

坂屋愁眉不展地沉默片刻后说："可以让我再看一次刚才和现在的影片吗？"

筒井操作笔记本电脑，屏幕上连续回放了两段影片。

坂屋抱着双臂发出低吟。光看他的表情，无法判断他是否察觉到自己的姿势有哪里不同。

"上半身太早向前倾了。"

意想不到的声音打破了沉默。

因为太意外，那由多一时不知道那个声音从哪里传来，也不知道那个声音在说什么。另外两个人似乎也一样，他们互看了一眼之后，才看向圆华。她尴尬地低下了头。

"你刚才说什么？"坂屋问。

圆华抬起头，轻轻吐了一口气说："我说上半身太早向前倾了……"

"哈哈哈。"坂屋发出奇怪的笑声，"老师，你有没有听到？连普通女生都看出来了。我看我的气数也差不多了，真的该退休了。"

筒井不知道该如何回答。那由多见状，忍不住开了口。

"坂屋先生，什么意思？她刚才说的是……"

"她说对了。"坂屋用冷静的口吻说，"上半身太早向前倾了——就是这么一回事。我正打算说，没想到被她抢先了。既然连外行人也一目了然，看来我真的没救了。"

"不，但是，"那由多看着电脑屏幕，摇了摇头，"我看不出来，我看不出你状况好的时候和现在的姿势有什么不同。"说完，他转过头看着圆华说："你真的知道两者的差异吗？是不是随便乱猜？你老实说。"

她微微皱了皱眉头，犹豫了一下后开了口。

"我只是把凭直觉想到的事说出来而已。"

"这就叫乱猜——坂屋先生，你也听到了？她并不是真的了解状况才这么说的。"

"对不起，我会闭嘴。"圆华赌气地低头说。

"你不需要道歉。"坂屋说完，看向那由多，"不能轻视外行人的直觉，正因为不了解不必要的事，所以才能一针见血。你看过很多跳台滑雪，也了解原理，所以有时候反而看不到关键的部分。"

坂屋说完后，又征求筒井的意见："对吧？"

"既然你知道是这样，就不必因为她指出你姿势的缺点而感到悲观。而且缺点很明确，就意味着有可能解决，因为只要改正缺点就好了。"

筒井操作电脑，将两次起跳动作的分解图分别显示在屏幕的上下方。接着，又操作了一下，将拍摄了坂屋身影的相片，变成身体和手脚分别用直线表示的线形图。

筒井逐一说明了每一张线形图，并比对了其他选手的数据，详细指出了坂屋目前姿势的缺点。那由多在听的同时做笔记，最后终于了解圆华刚才说的那句"上半身太早向前倾了"完全正确。

坂屋听完筒井的说明后，重重地叹了一口气。

"虽然我觉得自己都是以相同的姿势起跳，但感觉有微妙的不同。感觉一旦失去，就没那么容易找回来。"

"那就做充分的想象训练。"

"嗯，我会试试。"坂屋站了起来，看了一眼手表后，拿起脱在一旁的保暖大衣，"等一下要开会，我先回合宿中心。"

"啊，那我送你。"那由多说。

"不用了，有巴士。老师，那就改天见。"

"我明天会去看你练习。"

坂屋轻轻举起一只手，又向圆华点了点头，走出了研究室。

筒井抱着双臂说："看来不太妙，他的士气很低落。"

"这次不像他平时的样子,之前无论状况再差,到了比赛之前,他说话都很有自信。"

"以前他总是虚张声势说大话,然后自己也信以为真,在比赛时还真的激发了潜力,但现在无法再像以前那么笃定了。照目前的情况来看,这一季的比赛也无法赢任何一场。他已经三年没赢了,心里应该很焦急。"

那由多看着电脑屏幕说:"希望这个分析结果能够发挥作用。"

"是啊。"筒井小声嘀咕后,那由多听到背后传来一个声音。

"不可能。"又是圆华。

那由多转过头,皱起了眉头。"为什么? "他说话的声音也忍不住变得很尖。

"因为他身体失去了平衡。"

"平衡? "

"身体左右的平衡。因为失去平衡,所以起跳变慢。他自己也在无意识中预料到这件事,所以上半身就向前倾,试图靠这个动作弥补。"圆华指着笔记本电脑说,"在这种情况下,不可能顺利借助风力。"

"你只是重复老师说的话而已,别一副自以为了不起的样子。"

"不,我并没有提到身体的平衡。"筒井看着圆华问,"你为什么会这么认为? "

"为什么……因为看他走路的样子,就这么觉得。"她又接着说,"我想原因应该在他的右腿上,可能是……膝盖。他的膝盖以前是否受过伤？”

那由多瞪大了眼睛："你看得出来吗？"

她虽然没有点头，但缓缓眨了眨眼睛。

"怎么可能？这次真的是乱猜吧？"

"你不相信也没关系，反正和我无关。对了——"她看着筒井问，"老师，请问你的工作还没结束吗？"

"啊，不，"筒井单手敲打着笔记本电脑的键盘，"我该做的事已经结束了。呃，工藤，怎么样？你有什么想问的吗？"

"没有。"那由多拿起夹克，站了起来，"我先告辞了。老师，你明天会去看练习吗？那我也去好了。"

"你不回东京没问题吗？"

"没问题。因为我来这里时说，可能要星期天才能回去。"

"是吗？那请你务必一起去。"

"好，那就明天见。"

"嗯，那就在跳台下见。"

那由多穿上夹克，走向门口。他瞥了圆华一眼，她的头转向一旁。

"我先走了。"那由多向筒井打招呼后，走出了研究室。

3

那由多在这里逗留时，通常都住在同一家饭店。虽然离滑雪场有一段距离，但这家饭店的特色是餐点好吃，而且价格很便宜。

第二天早晨，他七点半起床。洗漱完毕后，他拿着早餐券走出房间。早餐的餐厅在一楼，他在餐厅门口递上早餐券，走了进去。这里是自助式早餐，可以根据自己的喜好，挑选桌上陈列的各种料理。虽然目前是滑雪季，但并没有太多客人，才十几个人而已。

那由多把味噌汤装在碗里时，一个客人走到他旁边。他把装了味噌汤的碗放在托盘上，把勺子递给旁边的客人说："我用完了。"随即发出"啊"的惊叫声。

那个人也同样大吃一惊，原本伸出来准备接勺子的手停在半空，瞪大着眼睛，整个人都愣在那里。

她是羽原圆华，穿了一件合身的连帽衣，让她苗条的身体看起来更瘦了。

"你也住在这里吗？"

"筒井老师介绍的，说这里的房价很合理，而且应该也很好预约。"

"你和朋友一起吗？"

"没有，我一个人。"圆华开始装味噌汤。那由多看着她放在一旁的托盘，发现她装了荷包蛋、培根和色拉。

"那要不要一起吃？我也一个人。"

她抬头看着那由多，轻轻点了点头。

旁边的桌子刚好空着，他们面对面地坐了下来。圆华合掌说了声："我开动了。"拿起了筷子。

"我还没自我介绍，我姓工藤，工藤那由多，晚一点儿拿名片给你。"

圆华拿着筷子，抬起头问："那由多？"

"是不是很奇怪的名字？虽然有汉字，但你只要用片假名记住发音就好，名片上印的也是片假名。"

圆华稍微想了一下后问："是阿僧祇后面那个？"

"啊？"

"亿、兆、京、垓、秭、穰、沟、涧、正、载、极、恒河沙、阿僧祇、那由多、不可思议、无量大数。"她一口气说完这些后问，"是不是'阿僧祇'后面，'不可思议'前面的'那由多'？"

那由多眨了眨眼睛，看着她的脸问："你记得这些？"

"只是刚好记得，我说得对吗？"

"对，你说得没错，就是那个'那由多'。"

"我就知道。"圆华嫣然一笑，把色拉里的小西红柿送进嘴里。

那由多。她刚才像念咒语般念出的那些文字，都是数字的单位，从"亿、兆、京"开始，最后是"恒河沙、阿僧祇、那由多、不可思议、无量大数"，他的名字正是其中的"那由多"这三个字。

"这是你的本名吗？"圆华继续问道。

"当然啊。"

"谁帮你取的？"

"我妈。"

"是噢，真是个好名字。"

"我只是觉得很少见，但很不错吧？因为是十的六十次方。"

"也有人说是七十二次方。"

那由多忍不住惊讶，她竟然连这种事都知道："反正就是很大的数字。我告诉自己，这是我妈对我的期待。"

圆华用一双让人联想到猫的眼睛注视着那由多后说："那就好。"然后又继续吃早餐。

"我要怎么叫你？我记得你叫羽原圆华？"

"随便你怎么叫。"

"叫圆华妹妹好像有点儿装熟，那叫你圆华，你觉得怎么样？"

"你高兴就好。"

"那就这么办。圆华，我有几个问题想要问你。"

"你问啊，只是不知道我有没有办法回答。"

"没问题。我先问第一个问题，你怎么知道坂屋先生的右腿膝盖有旧伤？"

圆华看了他一眼问："你不是认为我是乱猜的吗？"

那由多皱着眉头。

"我为昨天那样指责你道歉，但正因为事后觉得不可能，所以现在才会问你。你说对了，坂屋先生几年前右腿膝盖受了伤，而且目前仍然没有痊愈。请你告诉我，你怎么会知道？"

"你问我为什么，我也不知道怎么回答。我只能说，反正我就是知道，就好像看到荷包蛋，就会说中间是黄色的一样。"

"你只要看到别人的身体，就知道哪里受了伤吗？"

"有时候可以看出来，但也有很多时候不知道。"她举起筷子，在半空中画了一个叉，"说明起来太麻烦了，所以这个问题就到此结束。"

"等一下。"

"如果你妨碍我吃早餐，那我移去其他桌子吃。"

那由多叹了一口气，开始吃烤鱼。

"好吧，那我换一个问题，你是从哪里来的？"

"东京，但你不要再问是东京的哪里。"

"听说你有事来找筒井老师，你的事情搞定了吗？"

"正因为没有搞定，所以现在还在这里。今天要再和老师见面。"

"今天？我想你昨天应该也听到了，老师要去看跳台滑雪的练习。"

"我知道，所以等练习结束后，老师会来这里接我。问题在于我要怎么打发这段时间。"

"既然附近有滑雪场，你要不要去玩滑雪？单板滑雪或是双板滑雪都可以。"

"我都没有玩过。"

她摇头时，一名男性员工从他们身旁经过。他手上拿着摞得高高的玻璃杯，看起来很危险，但他应该习以为常了。然而，正当那由多这么想时，发生了意外。一个小男孩不知道从哪里冲出来，撞到了男性员工的手肘。他努力保持平衡，但已经来不及了。高高摞起的玻璃杯好像比萨斜塔一样倾斜着。

下一瞬间，玻璃杯在地上打破了。随着巨大的声响，无数玻璃碎片向周围四溅。

另一名员工拿着扫把跑了过来，和打破杯子的员工一起向周围的客人道歉，同时开始清理玻璃碎片，还提醒客人"请不要光脚在地板上走路"。

他们也来到那由多和圆华身旁，检查地上是否有碎片。可能没有发现任何碎片，所以准备离开。

这时，圆华开了口："他后面。"

拿着扫把的员工转过头。

"他右脚后方应该有两块碎片。"圆华用左手指着那由多，右手动着筷子说道。

那名员工绕到那由多身后，说了声："真的有！"然后用扫把扫了起来。那由多看到玻璃碎片扫进了簸箕。

圆华若无其事地继续吃早餐。那由多看着她，忍不住纳闷，她到底是何方神圣？显然不是普通的女生。

"我吃饭有什么奇怪的地方吗？"圆华停下筷子问。

"不，没什么奇怪。怎么了？"

"因为你一直盯着我。"

"哦。"那由多点了点头，"对不起，我在发呆。不过，我想和你商量一件事，你要不要一起去参观跳台滑雪的练习？"

"跳台滑雪？"

"对，你以前看过吗？"

"没有。"

"既然这样，要不要一起去？跳台滑雪很痛快，活生生的人飞向空中，很值得一看。"

圆华皱着眉头，露出思考的表情。

"我觉得，"她开了口，"那不是飞，而是在坠落。"

那由多这下子真的哑口无言。她说得完全正确，那由多无言以对。

"那也没关系啊。"那由多豁出去了，"会坠落超过一百米的距离，从某种意义上来说，比飞更加厉害。"

"嗯，"圆华面无表情地嘀咕，"那倒是。"

"可不是吗？难道你不想看看吗？去看看吧，反正你不是也闲着没事吗？更何况如果你去那里，筒井老师就不必特地来这里接你了。"

圆华点了点头："好吧，既然你这么说，那就一起去吧。你有车吗？"

"当然。"那由多竖起大拇指。

4

"我原本以为是更大的车子。"坐在副驾驶座上的圆华抱怨着。

"平时都是我一个人开车,所以没在意副驾驶座坐起来舒不舒服。"那由多在回答的同时,操作着方向盘。

"这辆车子是品川的车牌,所以你是从东京来这里?一路开过来很辛苦吧?"

"我还去过更远的地方出差,因为全国各地都有我的客人。"

"客人是?"

"针灸的病患。"

"针灸?"

"就是中医的针灸治疗。我是针灸师,坂屋先生也是我的客人。"

"原来是针灸啊,我原本以为做这种工作的都是一些老爷爷。"

那由多扑哧一声笑了起来。

"针灸师也有年轻的时候,但从某种意义上来说,你说得也没错。虽然我说全国各地都有我的客人,但其实他们都是我师父的病人。我师父已经八十几岁了,腰腿都开始有问题,所以由我这个徒弟出差服务这些客人。"

"是噢,原来是这样。"圆华似乎没有太大的兴趣。

那由多邀她一起去参观跳台滑雪并没有特别的理由,如果硬要说原因,那就是希望多了解她。她一眼就看出了坂屋目前状况不佳的原因,还发现了他膝盖的旧伤,甚至看到了散落在地上的玻璃碎片，这些都不像是巧合。那由多觉得和她多相处一段时间，或许可以稍微了解她。

前方出现一个巨大的跳台。今天是晴天，几乎没有下雪。在蓝天的背景衬托下，跳台让人联想到白色的碉堡。

停车场内有许多面包车和休旅车，应该是准备参加下一场比赛的选手，还有与选手相关的人员开来这里的车辆，有些车子的车身上还写了比赛队伍的名字。

那由多穿着登山服，斜背起肩包走下车。圆华也跟着他下了车。她戴着毛线帽。

练习已经开始，选手一个接一个地从空中飞落。站在下方时，可以看到选手飞向空中，但看不到选手起跳，所以感觉选手是从跳台的起跳点一下子冲出来。圆华似乎也被眼前的气势所震慑，她抬头仰望着，一句话都没说。

那由多在可以近距离看到着陆坡的观众席上看到了筒井和坂屋。筒井穿着昨天那件羽绒服，坂屋穿着蓝色专业滑雪服。两个人坐在一起，不知道在聊什么。

那由多走过去时，筒井发现了他，举起一只手。那由多刚才在电话中告诉他，会带圆华一起过来。

"早安。"那由多向他们打招呼后问坂屋，"腰的情况怎么样？"

坂屋左右扭动身体后点了点头说："多亏了你，我觉得好点儿了，不愧是'神之手'的徒弟。"

"过奖了。"

"接下来就要靠我的技术了，在这件事上，任何名医都帮不上忙。"

"别这么说，请你好好加油。"

"嗯，我会尽力啦。"

坂屋戴起手上的头盔，扛着原本竖在一旁的滑雪板离开了。他的背影感受不到丝毫的霸气。

"希望他可以找回平时的感觉。"筒井嘀咕道。

"只要改正姿势的缺点就可以了，对吗？"

"的确是这样，但知易行难，也许需要某种契机。"

"契机？"

"任何契机都没问题，也许是侥幸来一次大跳跃。跳台滑雪的选手经常会因为一些微不足道的小事回想起诀窍。"

"侥幸……噢。"

"但是，"一旁的圆华开了口，"也许值得期待。"

"为什么？"那由多问。

她指着走向缆车站的坂屋说："因为他身体左右的平衡改善了，比昨天好多了。是不是针灸的效果？如果是这样，你真的太厉害了。"

听到圆华这么直截了当的称赞，那由多反而有点儿不知所措："那就谢谢了……"他想不到其他可以说的话。

"那个缆车谁都可以搭吗？还是只有选手才能搭？"

"不，只要付钱，谁都可以搭。"

"是噢。"圆华说完，迈开了步伐。她似乎打算去搭缆车。

"真是个奇怪的女生。"筒井小声说道。

"老师，你也这么觉得吗？"

"是啊，完全不知道她在想什么，却觉得她好像完全看透了我的想法。这么说可能有点儿失礼，但老实说——"筒井停顿了一下后，继续说了下去，"心里有点儿毛毛的。"

"她说昨天的事还没有搞定。"

"是啊，她说想要看有关那次龙卷风的调查报告。因为是七年前的事，我的记忆有点儿模糊，所以昨天告诉她，我会确认相关资料和照片，在脑袋里重新整理之后，再告诉她详细情况。"

"原来是这样。"

"她似乎也遭遇了那场龙卷风。"

"啊？所以，她妈妈去世的时候……"

"她好像也在场，而且亲眼看到她妈妈断气。"

那由多听了，一时说不出话，看向前方的缆车。圆华坐在缆车上，即将到达顶端。

5

三十分钟后，圆华下来了。筒井去了起跳点旁的教练区。

"情况怎么样？"那由多问她。

"有各式各样的选手，跳跃的方式也都不一样，很好玩。"

那由多听到她轻松的回答，再度感到惊讶。每个选手的跳跃姿势的确有各自的个性，但外行人根本看不出来，只不过那由多现在已经知道，她并不是随便乱说。

"你看到坂屋先生跳下来了吗？"

"看到了，还不错，只不过不可能得冠军。"

"为什么？"

"因为有好几名选手比他更厉害啊。据我的观察，至少有三个人。"圆华竖起三根手指，"尤其是在坂屋先生后面的后面那名选手特别厉害，他很可能是冠军。"

那由多忍不住感到佩服。她的判断完全正确，坂屋目前的实力的确在第四或第五名。

"你觉得该怎么办？"

"不知道。"圆华耸了耸肩，"只能说，希望他跳跃的时候姿势更好，要更合理，可以跳得更远的姿势，但正因为做不到，所以他自己也在烦恼吧。"

虽然她说的这番话很狂妄，也很直截了当，但不知道为什么，那由多并没有觉得不悦，只是想起筒井刚才说"心里有点儿毛毛的"这句话。

圆华看向那由多后方。那由多回头一看，发现坂屋正在和一个年约三十岁的女人说话。女人旁边有一个年幼的男孩，应该还没上小学。

坂屋一脸温和的表情摸了摸男孩的头，扛着滑雪板迈开步伐。他似乎正准备走去缆车站。那个女人和男孩也一起走了过来，不一会儿，就来到那由多他们的面前。

"我来介绍一下，这是我老婆京子，这是我的独子宗太。"说完，他转头看向太太说明，"他是经常为我针灸的针灸师工藤。"

"你好。"那由多向坂屋的太太鞠了一躬。

"谢谢你一直照顾我老公，这次又麻烦你特地从东京赶过来，真的很抱歉。"圆脸的坂屋太太感觉很文静。

那由多也向男孩打了招呼。男孩紧紧抱着妈妈的腿，小声地说："你好。"

"一会儿见。"坂屋说完，继续走向缆车站。

"我记得你们住在北海道的小樽，特地来这里为你先生加油吗？"那由多问坂屋太太。

"对啊。"她小声地回答，"其实很久没有来为他加油了，即使在北海道比赛时也没去。"

"啊，是这样吗？"

"结婚前和刚结婚时，每次都会去为他加油。这个孩子出生之后，有点儿分身乏术，而且，他也叫我不要去。"

"坂屋先生叫你不要去？为什么？"

坂屋太太尴尬地低下了头，露出落寞的笑容。

"虽然他没有明说，但我相信是因为他没有自信可以赢，所以不希望我们看到他在比赛中成绩不理想。"

那由多低头看着男孩问："他几岁了？"

"前一阵子刚满四岁。"

"所以，他该不会从来没看过坂屋先生跳……？"

"从来没看过，而且这孩子完全不知道爸爸是跳台滑雪选手，因为我老公在家里从来不提这件事，所以他以为爸爸是送比萨的。"

"送比萨的？为什么？"

"因为有一次，我老公戴了跳台滑雪用的头盔回家，这孩子看到之后，问爸爸是不是送比萨的。因为送比萨的店员不是经常戴着安全帽吗？结果我老公听到之后，就说自己是在天上飞的比萨店店员，这孩子就完全相信了。"

虽然那由多觉得很可笑，但也不是不能理解坂屋先生的心情。因为他已经好几年没有赢得冠军了，无法骄傲地说自己是跳台滑雪选手，所以才会用那种自虐的方式回答儿子。

"但这次你们来了。"

"是啊。"坂屋太太说，"虽然我老公还是叫我们不要来，但我很坚持。我对他说，即使不能赢，至少要让儿子看一下。因为我身为母亲，无法原谅身为父亲的他拼命挑战比赛，却直到最后都不让儿子看一眼。"

"直到最后？"

"他说在星期六和星期天的两场比赛之后就要引退，他已经告诉教练了。听说在星期天的跳台滑雪结束之后就会正式宣布。"

"原来是这样……"那由多配合男孩视线的高度蹲了下来，指着跳台说，"爸爸要从那么高的地方跳下来，是不是很厉害？"

男孩露出困惑的表情，坂屋太太说："他好像还搞不清楚状况，而且也不知道哪个选手是他爸爸。"

如果是第一次来看比赛，的确会搞不清楚状况，而且站在下方观看时，站在起点旁的选手看起来只有豆子那么大，更何况这么小的孩子，可能根本不了解这种比赛的意义。

"希望可以有理想的成绩。"

"是啊……如果能够站在领奖台上，就可以向儿子炫耀一下。"

那由多听了坂屋太太的话，终于了解为什么坂屋看起来和之前不一样了。他并不是缺乏士气，也不是没有动力，而是刚好相反。他希望无论如何都要赢取这场比赛，希望年幼的儿子记得父亲是曾经在赛场上很活跃的跳台滑雪选手，所以才会把自己逼得这么紧。

"别担心，坂屋先生一定能够跳出好成绩，我相信他。"

"希望如此。"坂屋太太看了一眼手表说，"我还有事，那就先告辞了。"

"我明天也会来看比赛，我们一起为他加油。"

"谢谢。"

那由多目送着坂屋太太牵着年幼儿子的手离去的背影。圆华走到他身旁说："你竟然可以说出那么不负责任的话，什么相信他一定能够跳出好成绩。"

"不然要说什么？难道告诉她，按理说，他不可能站上领奖台吗？"

"可以什么都不说啊，我猜想他太太也没有抱什么期待。"

"也许吧……"

圆华抬头看着跳台，那由多也跟着抬起头，发现一名选手正准备起跳。那由多根据那名选手的姿势和体形，知道是坂屋。

和之前一样，选手在起跳点前消失，然后突然飞向空中。

就在这时，圆华用冷静的声音说："一百一十六米。"

坂屋的姿势很连贯，只是缺乏力量。他落地的地点正是圆华预告的距离。这个跳台的 K 点是一百二十米，如果不超越 K 点，就无法获胜。

坂屋滑了下来，那由多向他挥了挥手，他竖起大拇指回应。因为戴着头盔，所以看不到他脸上的表情，但从他全身散发的感觉，知道他对自己的飞翔并不满意。

6

晚上，那由多在饭店的房间内看电脑，听到敲门声。他不知道谁会来找自己，问了一声："谁啊？"

"我。"门外冷冷的回答声很耳熟。

那由多转动门锁，打开了门，发现抱着背包和保暖外套的圆华板着脸站在门外。

"你不是回东京了吗？"

"嗯，原本这么打算。"圆华没有征求那由多的同意，就自顾自地走进房间。房间内有两张床，她在其中一张床上坐了下来，把自己的行李放了下来，"我和筒井老师聊了之后，决定再多住几天。"

圆华看完练习之后，坐上筒井的车子离开了。她在离开前说，等一下离开大学后，就直接回东京。

那由多坐在另一张床上："原来你还需要继续留在这里。"

"嗯。"她点了点头，"和你一样。"

"我？怎么回事？"

"我很在意坂屋选手的事，不知道能不能想想办法。"

"你找筒井老师的事，不是和跳台滑雪无关吗？"

"无关啊，我在调查七年前的龙卷风，筒井老师给我看了很多宝贵的资料，但之后闲聊时，和老师聊了很多关于跳台滑雪的事，我开始觉得坂屋选手有希望获得冠军。"

"有什么办法？"

圆华盘腿坐在床上，抱着双臂。

"问题在于天气、风向。我相信你应该知道，逆风时，有助于增加飞行距离。"

"嗯，这是跳台滑雪的常识。"

"如果条件相同，所有选手都可以平等受惠，所以并没有任何不公平，实际上并非如此，风力和风向随时都在变化。"

"因为这个，原本认为稳拿金牌的选手最后落败的情况也经常发生，但和以前相比，现在的比赛规则已经稍微考虑到这个因素了。"

"我也听筒井老师说了，是不是风因素？"

"对。"

当吹起有利的逆风时，选手的得分会减分；当顺风时，就会加分。

"这样就消除了风造成的幸运或是不幸？"

"多少消除了一些，只是不可能完全消除，因为不同地点的风向和风力各不相同，虽然目前采用在跳台的几个地方测定，然后取平均值，但这种方法并不精确，因为最重要的是选手飞行空间的风。"

"而且，据筒井老师说，不光是飞行距离的问题。飞得越远，就代表飞行时间越长，选手的心态就更加从容，充分做好着陆的准备。"

"没错。"

"而且，也不能忽视着陆时的冲击。如果着陆时吹逆风，就可以像降落伞一下轻轻落地。相反，如果是顺风，风力就会从后方推选手，着地时，就好像被重重打在地上。两脚必须用力站稳，才能避免跌倒，根本顾不了姿势。"

那由多目不转睛地打量着圆华的脸。

"你和筒井老师聊得真深入，你简直可以当评论家了。"

圆华收起了脸上的表情："别再冷嘲热讽了。"

"对不起。"那由多马上道歉，"我已经充分了解，风因素无法完全消除风对选手造成的幸运和不幸，我也有同感。所以呢？"

"筒井老师说，很遗憾，坂屋选手目前无法靠顺风增加飞行距离，姿势分数也不理想，即使因为风因素增加了几分，也很难获得冠军。只有在逆风的时候，或许还有希望赢。"

"而且要只有坂屋先生跳雪时才吹逆风，其他选手的时候却没有。如果你是说这种上天特别眷顾的情况，不需要你说，我也会许愿，或者说祈求。"那由多跷起二郎腿，叹了一口气。

圆华用力瞪着他。"怎么了？"那由多问。

"有可能。"

"啊？"

"明天完全有可能发生这种上天特别眷顾的情况。"

那由多偏着头问："什么意思？"

"明天的比赛从上午十一点开始，那个时候是晴天，几乎没有侧风，所以比赛会如期举行。虽然有少许逆风，但在第一轮跳雪期间都很稳定，不至于因为选手跳雪的顺序不同而造成不公平，所以，只希望坂屋选手能够凭实力增加飞行距离。关键在于第二轮跳雪，中途之后，南风会逐渐增强，对那个跳台来说，就是顺风。"

"等一下。"那由多伸出手，制止圆华继续说下去。

但是，她并没有闭嘴。

"影响会逐渐增加。待第二轮跳雪时，会从第一轮跳雪成绩最后一名开始比赛，第一轮成绩越好的选手，就越容易受到顺风影响而失速。而且，不是只有顺风而已，上空的空气会以跳台为中心开始旋转。所以第一轮跳雪时，最好超过第八名，问题在于起跳的时机。"

"你等一下，"那由多伸出双手，"你到底在说什么？"

"我在说明天的比赛。"

"这我知道，你说的顺风或是空气旋转是什么意思？简井老师和你聊了这么多吗？"

圆华摇了摇头："老师没说这些。"

"那刚才你说的那些是什么？"

"那是……"圆华说到一半住了嘴，露出犹豫的表情，最后心灰意懒地叹了一口气说，"你没办法理解吧？对不起，当我没说。"

"啊？什么意思？你倒是说清楚啊。"

"不可能，即使我说了，你应该也无法理解。有一句话不是叫'百闻不如一见'吗？明天你自己看了就知道了。总之，我想要说的是，坂屋选手完全有可能获胜，但是，"圆华指着自己的胸口，"需要我在旁边，所以我没有回东京，又回到了这里。"

那由多看到圆华说话时一脸严肃的表情，不禁有点儿混乱。他完全不了解圆华的真正意图。

"所以，"她又继续说道，"今天晚上，我就睡在这里。"

"啊？"那由多瞪大了眼睛。

"有什么关系吗？这里原本就是双人房，又多了一张床，我会负责和饭店柜台说。"

"等一下，我是无所谓，但你应该不喜欢和男生睡一间房吧？"

圆华的一双凤眼瞪着那由多，视线中似乎隐藏着观察的光。她随即摇了摇头说："不会啊，我也无所谓。"

"那就好……"

"太好了。"圆华在床上开始脱袜子。

7

圆华说得没错，星期六从早上开始就是晴天。那由多吃完早餐后，让她坐在副驾驶座上，载着她前往跳台滑雪会场。

停车场内的车辆和昨天相比，还有大型游览车。东京不会关心跳台滑雪的国内赛，但在比赛举行的地点，还是会受到瞩目。

下车之后，那由多打电话给筒井，得知他正和坂屋他们在一起。

"那就一会儿见。她……羽原圆华小姐也一起来了吧？"

"对，她昨晚突然闯进我的房间。"

筒井呵呵笑了起来。

"在研究室时，她也几乎没有聊她关心的龙卷风，一直问跳雪和坂屋的事，可见她真的很有兴趣，最后还说要看比赛，甚至说只要她在，坂屋选手或许会赢。"

圆华似乎也对筒井说了那番奇怪的话。

"你转告圆华小姐，那件事我已经谈妥了。"

"哪件事？"

"你这么说，她就知道了。"

挂上电话后，那由多向圆华转告了筒井的话。

"太好了，"她满意地点了点头，"因为我拜托他，说想要去教练区。"

那由多惊讶不已。设置在跳台起跳点旁的教练区是教练向选手发出出发指示的地方，闲人当然不能随便进入。

"筒井老师说，他为了研究跳雪，所以可以拿到 ID 卡进入教练区。我也以老师助手的名义，拿到了 ID 卡。"

"你去教练区干吗？"

"那还用问吗？"圆华拿出自己的手机，但似乎只是为了确认时间，"走快点儿，第一轮跳雪快开始了。"

一走进赛场，发现观众席并没有太多人，甚至可以说是空荡荡的。那由多由此了解到，如果这里坐满人，停车场内的车子数量会更惊人。

那由多想要走去上方的观众席，但圆华说，要坐在最下面。那是选手在着陆后缓冲停止的停止区旁的座位。

"这里距离太远了，根本看不到跳雪的情况。"

"第一轮跳雪在这里就好，因为有更重要的事。"圆华拉低了粉红色毛线帽。

比赛很快就开始了，广播中报完选手的姓名和所属的队伍后，选手从遥远的上方一跳而下。每次观看，都觉得很震撼。即使是失败的跳雪，也会飞行超过一百米，难以想象人可以做到这一点。

选手在停止区停止后，立刻将滑雪板从滑雪靴上拆下来，扛在肩上，走去缆车站。因为还要继续跳第二轮，所有选手都会从那由多他们面前经过。

那由多突然发现坂屋太太就坐在附近。虽然坂屋昨天介绍时说她叫京子，但不知道到底是京子还是津子。她和名叫宗太的年幼儿子牵着手，一脸不安地抬头看着跳台。

不一会儿，她也发现了那由多，放松了脸上的表情，向他点头致意。那由多也鞠躬回应。

广播中终于传来坂屋的名字，身穿蓝色滑雪服的坂屋出现在起点处。那由多看向京子，她把没有握着儿子的另一只手放在胸前。

坂屋出发了，沿着助滑坡高速滑降。几秒之后，就从起跳点飞向空中。圆华立刻说："很好，一百二十米。"

坂屋的滑雪板张开，成大大的"Ｖ"字形，从天而降，维持漂亮的姿势降落在着陆坡，然后滑到停止区。

坂屋拿下滑雪板，用充满不安和期待的表情抬头看向电子告示牌。那由多也定睛细看。电子告示牌上显示的距离和圆华说的一样，姿势分数也不差，得分目前暂时领先。赛场上响起掌声。

坂屋扛着滑雪板，握紧空着的左手，向那由多他们走来。他的太太跑了过去。

"太好了。"京子的语气中透露着兴奋。

"还好啦。"坂屋有点儿害羞。

"小宗，爸爸刚才飞得很远，你对爸爸说，叫他等一下也要加油。"

幼小的儿子似乎不太了解状况，口齿不清地说："加油。"

坂屋摸了摸儿子的头，走向缆车站。那由多对他说："很出色。"他笑着点了点头。

"坂屋先生，坂屋选手。"圆华冲了出去，追上坂屋后，和他并肩走着，不知道拼命说着什么。

那由多也追了上去，听到圆华说："请你一定要相信。"坂屋露出困惑的表情偏着头。

"你在干吗？"那由多从他们背后问圆华。

坂屋停下脚步，转头露出苦笑。

"她说了很奇怪的话，说我如果想赢，就要根据她的指令出发。"

"啊？你疯了吗？"

圆华没有看那由多一眼，脱下了粉红色毛线帽。

"我会在教练区，当我挥动帽子时，请你马上出发，连一秒都不要迟疑。"

"小姐，选手要听从教练的指示出发。"

圆华不耐烦地摇了摇头，她的长发也跟着飘动。

"不能靠教练，你刚才跳得不错，是因为风很稳定。刚才是稳定的逆风吧？但是第二轮的情况就不一样了。很快……再过十五分钟，风向就会改变，会吹起你最讨厌的顺风。"

坂屋脸上的笑容消失了："你竟然说这种不吉利的预言。"

"这不是预言，而是已经决定的事。拜托你，请你相信我，难道你不想赢吗？"

"如果你希望我赢，就乖乖看比赛。工藤，她就麻烦你了。"

"走吧。"那由多抓住圆华的手臂。

"放开我，不要妨碍我。"她试图甩开那由多的手，但那由多没有松手。她朝着快步离去的坂屋背后大声叫着："相信我，我一定会送给你最棒的风，记得看我的指令。"

坂屋头也不回地走向缆车站。

8

坂屋第一轮跳雪的排名是第七名。不知道是不是因为条件理想，有六名选手超越了他的成绩，但分数只有微小的差距，完全有可能逆转局势，获得优胜。

第二轮跳雪开始之前，那由多和圆华在教练区下方见到了筒井。他也为那由多准备了 ID 卡。

那由多把圆华向坂屋提出的提议告诉了筒井。

"你可以掌握风吗？"筒井问圆华，"你可以掌握随时变化的风向吗？"

"简单地说，就是这样，但我猜想你们无法相信。"

那由多看着起跳点旁的风向计，风向计显示目前是顺风，和她的预告一样。那由多把这件事告诉了筒井。

"你参考了天气图吗？"筒井看着圆华问。

她摇了摇头说："天气图只能了解大致的情况。"

"那你是根据什么判断？"

圆华摊开双手，巡视周围。

"根据各种情况，气温、地形、树木的摇晃、烟的流动、云的动向、太阳的位置，根据眼睛看到的、耳朵听到的和身体感觉到的一切进行判断。"

筒井看向那由多，似乎在问他相不相信。那由多只能偏着头，但他不觉得圆华在信口开河。

"反正只要带我去教练区就知道了。"

筒井一脸难以释怀的表情点了点头："那就先上去吧。"

教练区有许多穿了保暖外套的男人，看到那由多和圆华，立刻露出狐疑的表情，但他们两个人脖子上都挂着 ID 卡，而且因为和筒井在一起，那些人似乎认为他们是筒井的研究助手。筒井正操作着用三脚架固定的高速摄影机。他在拍摄选手起跳的那一刻。

几名试跳员试跳之后，第二轮比赛开始，根据第一轮比赛的成绩，由最后一名开始依次跳雪。

最先跳雪的选手是第一轮比赛中的最后一名。他以蹲伏的姿势滑降后，在起跳点起跳。那由多也是第一次这样近距离观看，感觉格外震撼。

选手在空中做出飞行姿势的瞬间，圆华小声说："动作太慢了，可能不到一百米。"

飞出去的选手向着陆坡降落，从教练区很快就看到了电子告示牌上显示的距离和姿势分数，得知了他的着陆点，距离只有九十七米。

正在操作摄影机的筒井转过头，脸上露出惊讶。他似乎听到了圆华刚才小声嘀咕的话。

下一位选手又滑降下来，冲出起跳点，从那由多他们的眼前消失。圆华说："这名选手也失败了，比刚才的选手距离更短。"

她说对了。电子告示牌上显示的距离只有九十五米。

"你怎么知道的？"那由多小声地问。

"当然知道啊。"圆华若无其事地回答，"物体的形状、飞出去时的速度、角度和风向几乎决定了飞行物的轨迹。"

之后，每当有选手跳雪时，圆华就说出了飞行距离，而且她说的数值几乎都正确，误差都不超过三米。

不一会儿，她说："风向变了，不只是单纯的顺风，开始旋转了。"

那由多看向风向计，风向计的确缓缓开始旋转。

那些教练似乎也察觉到风向的变化，可以感受到他们为向选手发出指令的时机苦恼。如果一直是顺风，会觉得这也是无可奈何的事，但如果不是这样，当然希望选手在理想的条件下跳雪。

跳台旁设置了信号灯，当信号灯是红色时，选手不能出发。但是，当信号灯变成绿色时，如果不在限制时间内出发，就会丧失比赛资格。今天这场比赛的限制时间是十五秒。

一名选手出发了，以时速九十千米的速度沿着助滑坡滑降。当他飞向空中的瞬间，身体摇晃起来。那由多也可以看出那名选手承受了逆风。"哦哦。"教练都纷纷叫了起来。"这个应该会飞很远。"有人叫了一声。

"飞不了多远，"圆华冷冷地说，"着陆时会受影响。"

距离公布了，一百一十五米。圆华说得没错，并不是太理想的成绩。

下面好像是顺风——教练中有一个人说道。另一名教练说，今天很难啊。

筒井看着圆华问："这里看不到着陆坡，你连看不到地方的风向也知道吗？"

她点了点头："我昨天搭了缆车，记住了整个地形。"

筒井鼻孔用力喷气，他似乎说不出话来了。

又一名选手出发了。那由多觉得没什么风，但圆华说："时机太棒了，这次可能会有好成绩。"

选手在起跳点用力起跳。

"太好了。"圆华小声地说，"可以超越K点。"

下一刹那，就知道她说得完全正确。因为之前没什么动静的观众席响起巨大的欢呼声和掌声。

随即公布的飞行距离为一百二十一米，是第二轮比赛中的最佳成绩。那名选手当然暂居第一。

"下面是逆风吗？"那由多问。

圆华点了点头说："最棒的逆风。"

但是，看了电子告示牌，发现并没有因为风因素扣多少分。看来只有着陆点附近有逆风。

"筒井老师，你有什么看法？"那由多问。

筒井皱起眉头，轻轻摇了摇头："简直难以相信。"

"但是，她都说对了。"

"也许吧……"筒井的表情看起来有点儿痛苦，也许他亲眼看到的状况，超越了他身为科学家能够接受的范围。

"可以请你去拜托坂屋先生的教练，请坂屋先生根据她的指令出发吗？"

"开什么玩笑！他一定会觉得我疯了。"

"但是——"

就在这时，站在他们旁边的圆华脱下了毛线帽。那由多惊讶地看向起点处，发现坂屋即将抵达起点处。

"着陆点很快会吹理想的风，必须赶快。"圆华说。

那由多看向前方，坂屋的教练在教练区的角落单手举起了旗子。当他挥下旗子时，就是出发的指令。

信号灯变成了绿色。就在这时，圆华用力挥起拿着毛线帽的右手。坂屋应该也看到了她。

"赶快出发，"圆华大叫着，"赶快，否则就来不及了。"

但是，坂屋并没有出发，因为教练并没有挥下旗子。教练判断还没有吹起理想的风。

圆华放下了手："完了……来不及了。"

圆华的话音刚落，教练挥下旗子。

"啊，笨蛋。"圆华咬牙切齿地说，"糟透了。"

坂屋滑降后，从起跳点飞向空中。他起跳的时机和姿势都不错。

但是，观众席上并没有传来刚才有选手跳出理想成绩时的欢呼声。圆华一脸沮丧，甚至没有说飞行距离。

下一刹那，传来观众的叫声。从紧张的气氛中，知道并不是因为坂屋的跳雪很出色。

"跌倒了。"很快就听到有人这么说。

坂屋的教练脸色大变，拿起手机开始打电话。筒井走了过去。

"坂屋选手好像跌倒了。"圆华说，"希望他没有受伤。"

"刚才的条件这么恶劣吗？"

圆华叹着气说："侧风很强。"

"啊……"那由多说不出话来。

筒井走了回来。

"他在失去平衡的状态下着陆，然后就跌倒了，但似乎并没有受伤。"

"太好了。"那由多嘀咕了一声，看向电子告示牌。坂屋的成绩掉到最后一名。

9

身穿蓝色滑雪服的坂屋开始滑动。摄影的方向和那由多他们看的方向相反，而且是在较高的位置拍摄，可以确认选手在助滑坡滑降、起跳、飞行和着陆的一连串动作。

坂屋起跳了，飞行姿势并不差，但飞行距离并不理想。他渐渐失速，不断降落，在着陆之前，身体用力向右倾。虽然他勉强着陆，却是很不理想的两脚并排着陆，而且重心明显偏了。他用这个姿势滑向着陆坡，但滑雪板无法承受超越负荷的重量，脱离了滑雪靴，他也跟着跌倒了。

筒井停止播放影片："的确有侧风。"

"就像她说的那样。"那由多说。

"只有坂屋一个人承受了这么强烈的侧风，所以只有他跳雪的时候突然吹了侧风。她为什么会知道呢？"

"应该是预测吧？预测了风的变化。"

"怎么可能？"

"如果不这么想，根本没办法解释。"

筒井发出低吟，抱着双臂。他似乎不愿意承认。

他们目前在北棱大学的研究室，正在用电脑看比赛主办单位作为记录拍摄的影片。筒井拜托主办单位，请他们复制了影片。

圆华并没有在这里，她说："看那种影片也没有意义。"然后独自回饭店了。

"老师，可不可以请你向坂屋先生的教练说明情况？"

"我要怎么说？他不可能相信，我自己也是半信半疑。"

"半信半疑……也就是说，你已经有一半相信了。"

筒井撇着嘴角，摸着脖子。

"我知道这并不是巧合或是侥幸，她应该有某种特殊的力量吧，但我并没有相信到可以说服别人的程度。"

"因为缺乏科学根据吗？"

"科学……吗？其实她说的话并没有不符合科学，根据周围的状况预测风向太科学了，问题在于能不能靠一个人在脑袋里分析出结果。"筒井低头陷入了沉思，"虽然很难说服教练，但如果是坂屋，也许有办法……"

"你的意思是？"

"可以把今天的情况告诉他，请他在明天比赛时，不要听从教练的指令，而是根据圆华的指令出发。当然，这件事必须瞒着教练。"

"啊，原来是这样。"

"但不知道他会不会同意。"

"那就试试看，拜托你了。"那由多鞠躬说道，"我无论如何都希望坂屋先生可以赢。"

"我也希望他可以赢，问题在于要怎么向他说明。"筒井露出为难的表情，拿起自己的手机，单手操作后，放在耳朵上。不一会儿，他摇了摇头，拿下了手机，"不行，打不通。他跌倒时虽然没有受伤，但可能为了安全起见，还是去医院接受检查了，晚一点儿我再打看看。"

"可不可以请你务必说服他？"

筒井一脸不情愿的表情点了点头。

"也只能这样了，反正按照目前的情况，坂屋根本没有机会赢。既然这样，不管是求神拜佛还是干吗，都只能试试看了。"

"我认为这比求神拜佛更有效。"那由多站了起来，穿上登山服，"我回饭店和圆华聊一聊。她因为自己的意见遭到无视很不高兴，搞不好明天不愿意提供协助。"

"那就惨了，拜托你了。"筒井说完，尴尬地抓了抓头，"呃……我这么说好像有点儿奇怪，刚才还说只是半信半疑。"

"我也差不多啦，老实说，我还有三成左右的怀疑，那就拜托了。"

那由多说完，走出了研究室。

回到饭店，一打开房门，立刻大惊失色。因为圆华衣衫不整地坐在床上。她虽然穿了T恤，但下面只穿了一条内裤，而且盘腿坐在床上。

那由多把头转到一旁："为什么穿成这样？"

"因为很热啊，刚才我去泡澡泡太久了。这里的大浴场超舒服。"

"我不知道，我没去过。先不管这个，你赶快穿衣服，我的眼睛都不知道该往哪里看了。"

"随便看啊，我不介意。"

"我介意。"

"是噢，真麻烦。"

那由多听到窸窸窣窣的声音。

"好了，没问题了。"

那由多转头一看，发现圆华把浴巾围在腰上。

"你根本没穿啊。"

"因为我刚泡完澡，不想穿牛仔裤。"

"你没有其他的吗？像是睡衣或是运动衣之类的。"

"没有，我的替换衣服只带了 T 恤和内裤。"圆华一边操作着智能手机，一边回答。

那由多叹了一口气，在自己的床上坐了下来："我有事要拜托你，希望你明天可以继续为坂屋先生判断风向。"

圆华抬起头："当然啊，我就是打算这么做，所以才在做准备。"说完，她把智能手机的屏幕对着那由多，上面显示了天气图。

她似乎并没有讨厌坂屋。

"明天的风怎么样？"

圆华重重地吐了一口气："老实说很困难，比今天困难多了。"

"比今天更困难？那可不妙啊。"

"但是，反过来说，可能会有意想不到的结果。当然，前提条件是那个笨蛋必须听我的指令。"

圆华口中的笨蛋就是坂屋。

那由多告诉圆华，筒井应该会说服坂屋。

"希望他会乖乖听话……但是，即使他听从我的指令，问题在于第二轮比赛。"

"第二轮比赛？会有什么状况吗？"

圆华露出沉思的表情，然后似乎甩开了内心的烦恼，摇了摇头说："没事。"

"你不要故弄玄虚，第二轮比赛到底有什么状况？"

"我并不是故弄玄虚，等到明天就知道了。我肚子饿了，我们去吃晚餐吧。"

圆华用力从床上跳了下来，浴巾掉落了。那由多又只好转过头。

10

星期天，阴沉的天气和前一天完全不同，气温却很高，即使风吹过来，也完全不觉得冷。

和昨天一样，那由多在跳台的停车场停好车子后，打电话给筒井。电话立刻就接通了，但听到电话中传来筒井消沉的声音："我正想打电话给你。"

"怎么了？你没有说服坂屋先生吗？"

"关于这件事，我昨天一直没有联络到他，他好像故意关机了，说想要一个人想事情。"

"想事情……"

电话中传来筒井的叹息声。

"是关于今天比赛的事。我刚才见到他，他说要弃权，还说昨天第二轮跳雪时，清楚地认识到自己的极限，不想继续出糗。"

"弃权？怎么……那是他最后的比赛。"

在一旁的圆华似乎从那由多的应答中察觉了情况，瞪大了眼睛。

"现在教练正在说服他，但可能很难说服，他心意很坚定。"

"筒井老师，你目前在哪里？"

"我在选手休息室前面。"

"我知道了。"那由多挂上电话后，看着圆华，"坂屋先生不想跳了。"

"那个笨蛋，"圆华咂着嘴，"果然是笨蛋。他人在哪里？"

"好像在休息室，你要去找他吗？"

"当然啊。"说完，她快步走了起来。

缆车站旁的小房子就是选手休息室，内有更衣室和准备体操室，还有打蜡房。

那由多和圆华走去那里时，看到筒井和坂屋面对面地站在门口。坂屋穿着运动衣，并不是跳台滑雪的滑雪服。

坂屋发现了他们，苦笑着说："工藤，连你都来说服我吗？"

"坂屋先生，请你一定要跳。"那由多说，"这不是你最后的比赛吗？请你展现你的气魄。"

坂屋在自己面前摇着手。

"如果有办法展现，我也很想展现一下，但已经不可能了，昨天第二轮跳雪，让我对自己感到很失望。"

圆华向前一步。

"你昨天会坠落，是因为你不听我的指示，只要你听我的指示，今天就可以赢。"

"又在说这些吗？你真是缠人啊。"

"你去问筒井老师，我并没有说谎。"

坂屋讶异地看着筒井。

筒井点了点头："她对风的直觉的确很敏锐。"

"难以相信，更何况——"坂屋把手放进运动衣口袋里，"这已经和我无关了，反正我不再跳了。"他说完这句话，转身离开了。

"等一下。"圆华追了上去，她绕到坂屋面前，挡住了他的去路。

"你不想让你儿子看到你跳雪吗？他不是来这里为你加油吗？"

"我刚才已经打电话告诉他们，我今天要弃权了。"

"那你就再打一次电话，说你最后还是决定要跳。"

坂屋摇了摇头，无奈地轻轻摊开双手，再度准备离开，但圆华再度挡在他面前。

"你闹够了没有！"坂屋烦躁地大声吼道，"你到底在搞什么啊？"

"一直当送比萨的也没关系吗？"

坂屋听了圆华这句话，身体摇晃了一下："你说……"

"我在问你，让宗太一直以为他爸爸是送比萨的也没关系吗？你不是跳台滑雪的选手吗？那就跳给他看啊！"

坂屋的肩膀剧烈起伏着。那由多只能看到他的后背，但他显然有点儿手足无措。

"送比萨的吗……这也没办法啊。"

"即使你认为无所谓，小孩子可不这么认为！"圆华大叫着，"对小孩子来说，父亲的工作是一件重要的事。也许你觉得只要让他看自己年轻时的影像，然后告诉他，这就是爸爸以前的工作就搞定了，但事情可没这么简单。如果没有亲眼看到，小孩子会感到很寂寞。为什么你连这么简单的事都不懂？还是说，你认为昨天那次失败的跳雪，成为宗太唯一的回忆也没关系吗？"

"……即使今天跳了，也只是让他看到我出糗。"

"你这个死脑筋，我刚才不是说了吗？我不会让这种情况发生！"圆华指着坂屋的脸，"你赶快去换衣服，准备跳雪！我会为你判断风势，不是被风支配，而是由我来支配风！"

坂屋后退着，似乎有点儿被她吓到了。短暂的沉默后，转头看了那由多和筒井一眼，然后又转过去，再度看着圆华。

"好，没问题，既然你这么说，那就跳啊！那就听从你的指令！"

"一言为定，如果你不遵守约定，就没机会赢。"

"好，那就一言为定。"坂屋咬牙切齿地说完，转过身对筒井和那由多说，"既然这样，那就豁出去了。"他大步走进了选手休息室，眼中充满了最近很少见的气魄。

那由多和筒井互看了一眼后，看着圆华说："干得好！"

"什么？"她板着脸问。

"我是说，你成功地说服了坂屋先生。"

"那个笨蛋根本不重要，宗太才是重点。走吧。"圆华迈开步伐，她似乎打算走去教练区。

那由多注视着她的背影，回想着她刚才说的话。不是被风支配，而是由我来支配风！

不知道为什么，那由多想起了她的母亲在一场龙卷风中丧命的事。

11

比赛比预定时间晚了三十分钟才开始。因为侧风太强，延迟了比赛开始的时间，听说主办单位曾经一度讨论中止比赛。果真如此的话，圆华刚才的辛苦说服也就白费了。

风势变弱，比赛顺利开始，但对选手来说，状况并不理想。因为正如圆华所说的那样，风向不停改变，比昨天的情况更严重，选手的成绩也时好时坏。有些选手幸运地遇到了理想的风，增加了飞行距离，但和不幸没遇到好风的选手之间的得分差距，根本无法用风因素来弥补。

即将轮到坂屋，那由多紧张不已。他跳雪的时候，到底会不会有理想的风呢？

"你有没有听说，坂屋原本打算弃权？"旁边的男人小声说道。他似乎是其他队的教练。

"对，我听说了，还说原本打算直接引退。不过，看了昨天的跳雪，我觉得这种判断很明智。"另一个男人回答。

"去年就应该引退了。这个赛季不仅没有赢过，甚至经常连预赛都过不了，连我看了都觉得于心不忍。"

"只有当事人认为自己还行，那么资深的选手，周围的人也不好说什么，结果就错失了引退的时机。话说回来，不知道他为什么又取消弃权了。"

"我猜是想留下最后的回忆，想要展现急流勇退吧，但以他目前的实力，恐怕很难啊。"

那由多很想上前反驳，但还是咬着嘴唇忍住了。他看向圆华，圆华应该也听到了那两个男人的对话，却似乎完全不介意，不时观察周围，抬头看着天空。

终于轮到坂屋了。圆华拿下了毛线帽。

风向计显示目前是顺风，但在顺风变弱的同时，信号灯变成了绿色。教练暗自庆幸，挥下了旗子。

但是，坂屋并没有出发，仍然在门前蓄势待发。

"那家伙……他在干吗？"教练大吼着，"赶快出发！等一下风向又要改变了。"虽然坂屋根本听不到，但教练还是忍不住大声叫着。

那由多紧张不已，圆华仍然握着毛线帽。信号灯转绿已经过了十秒。

正当那由多感到不妙时，圆华用力挥了一下握着毛线帽的手。坂屋似乎看到了，立刻出发了。他猛然滑降的姿势一如往常，但全身散发出和昨天完全不同的杀气。

他在起跳点起跳的姿势简直就像野兽扑向猎物般勇猛。

"太好了，超完美。"身旁的圆华嘀咕道。

接着，就听到了观众的欢呼声。不需要等待结果出炉，就知道他成功地完成了远距离飞翔。

广播中宣布的距离是一百三十二点五米。不光是今天，更是自昨天比赛开始以来的最长距离。

坂屋的教练惊讶地偏着头，一脸兴奋地拍着手。其他队的教练也都纷纷表示惊讶和赞叹，刚才那两个人也一样。原来他们也在期待昔日名将大显身手。

筒井走了过来："我现在已经不是半信半疑了，我已经确信，她的能力是真的。"

"我也有同感。"

圆华可能听到了他们的对话，转过头说："现在还高兴得太早，关键在于第二轮。"

"第二轮……你昨天也这么说，到底会有什么状况？"

圆华摇了摇头说："没有状况。"

"没有状况？既然这样，为什么……"

"正因为没有状况，所以才是问题。无论如何，我们先下去，去找坂屋太太。"

"找他太太？为什么？"

"等一下再告诉你原因。"她拉着那由多的手。

他们走下长长的阶梯，走向停止区旁。这时，看到坂屋从相反方向走了过来。他可能准备去搭缆车。他一脸心满意足的表情，充满了自信。

"坂屋先生，好身手！"

坂屋听到那由多的声音，举起一只手。

"幸好相信了幸运女神的话。"他停下脚步，注视着圆华，"谢谢，刚才的风实在太棒了，怎样才能像你那样精准判断？"

"你没必要思考这个问题，你只要记住，你的飞行距离有好成绩，并不光是风力的因素，如果是昨天之前，你一定没办法飞那么远。"

从坂屋脸上的表情来看，显然也同意她的说法。

"的确，我好像摆脱了某些东西。"

"你可以跳出好成绩。"圆华说，"也很期待你第二轮的表现。"

"好。"

"你见到你太太和儿子了吗？"

"他们在停止区旁，刚才还在和他们聊天。"

"宗太看到刚才的……"

"他好像看到了，还说爸爸很了不起。"坂屋说话时有点儿害羞。

"关键在于第二轮。"圆华说，"一定要让他看到你站在领奖台上。别担心，只要你根据我的指令出发，就一定可以赢。"

"好，我会加油。"坂屋握紧拳头，走向缆车站。

那由多和圆华一起走到停止区旁。坂屋说得没错，果然很快就找到了坂屋太太和儿子的身影。坂屋太太应该看到了坂屋刚才的优异表现，所以脸上充满了喜悦。

"坂屋太太，午安。"那由多走过去后打招呼，"坂屋先生今天太棒了。"

"谢谢，希望今天第二轮也很顺利。"坂屋太太语带保留地说。

"以他今天的表现，绝对没问题。"

"那就不知道了……"坂屋太太不可能没有期待，但应该受到昨天的影响，所以内心似乎也做好了面对不乐观现实的准备。

"坂屋太太，"圆华走向前，"我有一件事想拜托你。"

坂屋太太有点儿胆怯地将身体微微向后仰："什么事？"

"我希望你能带给你先生力量。"

坂屋太太听了圆华的话，露出困惑的表情。

12

第二轮比赛开始了。

那由多抬头看着跳台，内心充满不安。坂屋能够跳出好成绩吗？他在第一轮比赛中的成绩排名第一，所以要等到最后才跳。他和第二名之后的选手之间分数差距并不大，只要稍微失误，就可能错失冠军宝座。

一名接着一名选手跳雪。因为是从第一轮比赛中排名最后的选手开始跳，照理说，应该会渐渐出现飞行距离理想的选手。但即使轮到排名比较靠前的选手，仍然没有人跳出理想的成绩。

因为风的条件不理想，而且还在继续恶化。

目前只剩下五名选手，在第一轮比赛中第五名的选手飞了出去，随即听到圆华小声嘀咕说："这个也没问题。"结果显示那名选手的成绩只有一百出头而已，显然失败了，甚至无法暂时领先。

但是，第一轮比赛中的第四名选手的情况不一样了，在不良的条件下，竟然飞到了Ｋ点附近，成为暂时领先的选手。

第一轮比赛中的第三名选手也不遑多让，几乎和前一名选手的距离相同，姿势分也很高，暂居第一名。

不太妙。那由多心想。目前的第一名和第二名的分数相当高，坂屋必须飞到Ｋ点，也就是一百二十米附近才能够超越他们。

那由多希望他至少能够挤进前三名，那就可以站上领奖台了。

但是，接下来那名选手粉碎了他的心愿。因为那名选手也越过了Ｋ点，理所当然成为目前的第一名。

"排名靠前的选手果然不一样，"那由多说，"即使条件恶劣，也能飞出好成绩。"

圆华没有回答，抬头看着跳台。她的表情很严肃。

那由多带着祈祷的心情看着起点处。最后一个跳雪的坂屋已经准备就绪，这里当然看不到他的表情，但不难想象对胜利的强烈渴望和对失败的恐惧在他内心交错。

信号灯变成了绿色。粉红色毛线帽会在什么时候挥动——那由多屏息等待。

不一会儿，坂屋出发了。当然是因为帽子挥动了。那由多想要闭上眼睛，但绝对不能错过这个瞬间，所以他反而瞪大了眼睛。

坂屋从起跳点飞了出来，他的滑雪板张开成"V"字形。"很好！"那由多听到圆华用力地叫道。

坂屋在空中保持漂亮的姿势，飞向着陆坡，飞行曲线的巨大弧度丝毫不比之前的选手逊色，着陆后的弓步姿势也很完美。观众席响起巨大的欢呼声，从那由多的位置，也可以清楚地看到他轻轻松松地越过了 K 点。

坂屋滑向停止区的同时，双手做出胜利姿势。当他滑下来时，嘴角洋溢着喜悦。他应该确信自己赢得了胜利。

他停下来后，卸下滑雪板，出神地看着电子告示牌。电子告示牌上很快显示了结果。飞行距离是一百二十三米，总分的结果是无可置疑的第一名。

坂屋当场跳了起来，同时，有好几名选手跑向他，刚才争夺第一名的年轻选手也在其中，就连他们也发自内心地对昔日名将的华丽复活而感到高兴。

"太好了。"那由多看着圆华。

"嗯。"她点了点头，"虽然我什么都没做。"

"这是他太太……爱的力量吗？"

"不知道。"圆华偏着头，抬头看着教练区。

那由多和圆华正在停止区旁，坂屋的太太和儿子拿了他们的

ID 卡，去了教练区。

在第二轮比赛开始之后，圆华把自己的毛线帽交给了坂屋太太。

"等信号灯变绿之后，你觉得可以的时候，挥动一下这顶帽子。"

坂屋太太一脸纳闷，圆华又继续说道："很可惜，坂屋选手跳雪的时候没有理想的风，一直都是顺风，也就是说，无论什么时候起跳，条件都一样，所以，请你决定你先生跳雪的时机。"

"呃，但是，要怎么……"

"别担心，只要在你觉得他可以跳雪的时候挥一下就好，不要留下遗憾。因为这可能是他最后一次跳雪。"

坂屋太太接过毛线帽后，注视着圆华，缓缓点了点头。从她的脸上可以看到坚定的决心。

起点处离教练区很远，坂屋做梦都不会想到，是他太太对他发出的指令。他在出发时，一定完全相信可以预测风势的神奇少女的力量，但他也同时相信了自己的能力，知道自己只要发挥实力，还可以继续赢。

一旁的圆华正在用手机通电话，似乎有人打电话给她。

"我知道，我马上就会回去，只是稍微耽搁而已……桐宫小姐，和你没有关系。那就先这样。"圆华挂上电话后，咂了咂嘴。

"哪里打来的？"

"东京，真是啰唆，那我要走了，代我向大家问好。"圆华说完就转身离开。

"等一下，"那由多叫住了她，"还会见到你吗？"

"不知道。"她偏着头说，"如果运势到了，也许还会见面。"

"运势……"

圆华轻轻举起手，再度迈开步伐，但她始终没有回头。

那由多将视线移回停止区，成功复活的昔日名将被年纪小他一轮的选手们抬了起来，抛向空中。

·第二章——这只手接住魔球·

1

打开铁门的同时，就听到一声"砰"的响亮声音。

工藤那由多看向前方，两个身穿运动服的男人正在室内练习场的角落练习传接球。练习场内没有其他人。

位于后方的高大男人——石黑达也发现了那由多，向他举起一只手。在他对面的男人见状，也立刻转过头。拿着特制捕手手套的是三浦胜夫。他的身材有点儿矮胖，和石黑呈现明显的对比。

"嘿。"三浦笑着向他打招呼，"辛苦了。"

"两位也辛苦了。"那由多鞠了一躬。

石黑拿下手套走了过来："上次谢谢你。"

"情况怎么样？"

"嗯，托你的福，状况很不错。"石黑轻轻转动右肩，"现在肩胛骨很灵活。"

"那就太好了。"

一个星期前，那由多为石黑针灸。石黑刚结束在冲绳的集训回到东京，因为持续训练了一个月，身体出现了疲累。果然不出那由多所料，石黑全身各部分都很僵硬。

那由多看了一眼时钟，距离约定的傍晚五点还有一点儿时间。

"不好意思，这次提出这么奇怪的要求请你帮忙。"

石黑轻声苦笑起来："之前也有电视台提出类似的要求。"

"一次是NHK（日本放送协会）的教育节目，还有两次是综艺节目。"三浦在一旁补充。

"但你都拒绝了吧？"

"因为很麻烦，"石黑撇着嘴角，"更何况我原本就讨厌电视，不是又要排练什么的，有很多麻烦事吗？我讨厌那些，而且，我也不想让敌人掌握线索。"

"敌人？"

"因为其他球队的打者也可能看那个节目，看了节目之后，发现破解之道的可能性并不是完全不存在。难道你不这么认为吗？"

那由多点了点头说："的确无法断言不可能。"

"对不对？对我来说，这可是生死问题。"

"我知道了，所以我保证那些影像不会公开。"

"我也是因为听到你这句话，所以才决定答应。更何况既然你开口，除非有天大的理由，否则我不可能拒绝。"

"不好意思，谢谢。"

"你不必这么诚惶诚恐，"三浦插嘴说，"你的魔法针灸不知道帮了石黑多少次忙，这个球季应该也不会少，三天两头在登场的前一天，临时找你为他缓解肩膀的疼痛。"

"是啊，八成是这样，所以像这次这种事，就要先讨好一下。"石黑笑嘻嘻地说道。

"我就知道你居心不良。工藤，就是这么回事，所以你不必和他客气，趁这个机会好好指使他。"

"哪敢指使……我听说并不会要求你投太多次。"

"嗯，那位大学的老师叫什么？"石黑问。

"筒井老师，是北棱大学流体力学研究室的筒井利之副教授。"

三浦听了那由多的回答，身体微微向后仰："如果不是这种事，我们一辈子无缘和这种头衔的人打交道。"

"筒井老师对运动有深入的研究，冬季期间，主要研究跳台滑雪。"

"是噢。"另外两个人露出意外的表情。

后方传来开门的声音，那由多回头一看，方正的脸晒得黝黑的筒井利之走了进来，双手拎着大皮包。

那由多举起一只手打招呼，随即愣在那里。因为他看到一个年轻女生跟在筒井身后走了进来。虽然筒井事先用电子邮件通知他，会带女助手一起来这里，但并没有提是谁。

那由多认识那个女生。她脸很小，下巴尖尖的，一双眼尾微微上扬的眼睛令人印象深刻。一个月前，那由多在筒井的研究室见到她。她叫羽原圆华，那由多清晰地记得她在之后举行的跳台滑雪比赛中发挥了神奇的力量。

"她怎么来了？"那由多小声问筒井。

"详细情况晚一点儿再告诉你，可不可以请你先介绍我和石黑投手他们认识？"

"没问题。"

那由多点了点头，把筒井介绍给石黑和三浦后，正不知道该怎么介绍圆华，圆华自我介绍说："我是老师的助手，我姓羽原。"虽然她太年轻，明显不像大学生，但石黑他们并没有多说什么，也许觉得女生的年纪很难猜。

"不好意思，这次提出这么无理的要求。"筒井对石黑说。

"听工藤说，只要投几球就好？"

"只要投几球就好，麻烦两位了。我先准备仪器，可以请你们做投球准备吗？"

"那就稍微练一下？"石黑重新戴上手套，对三浦说。

"好啊。"三浦回答。

这个室内练习场也设置了投手丘和打击区，有足够的空间可以练习打击。石黑缓缓走向投手丘。

筒井从皮包里拿出摄影机、三脚架和各种测量仪器，圆华也在一旁帮忙。她似乎并不是虚有其名的助手。

"这是怎么回事？"那由多问筒井，"她怎么会来这里？"

"她为了龙卷风意外的事，又来我的研究室，刚好和她聊到今天的事，她说也想来看看。而且她说的理由很有趣，所以我就带她一起来了。"

"什么理由？"那由多问。

筒井露齿一笑，看着圆华说："你要不要自己说？"

正在架摄影机三脚架的圆华没有停下手，直接回答说："因为我对乱流有兴趣。"

"乱流？"

"乱就是混乱的乱，流就是潮流的流。"筒井说，"乱流是流体力学的用语。"

"为什么对这种东西……"

"是不是很有趣？所以我就带她一起来了，而且我觉得可能又会发生什么事。"筒井意味深长地说，应该想起了之前跳台滑雪比赛时发生的事。

那由多看着圆华，她默默地做事，似乎希望他们别再聊她的事。

"哦！"筒井叫了一声，看向石黑和三浦的方向。

那由多也顺着他的视线望去，发现石黑正在投球。石黑投球时的动作幅度不大，投出的球勾勒出缓和的抛物线，落在三浦的手套中。乍看之下，会觉得只是普通的慢速球。

2

七年前，石黑达也在职棒新球员选拔会时获得指名，是选拔会指名排名第五的球员。他当时在北关东的业余球队当投手，默默无闻，但受到指名时，一度成为讨论的话题，只可惜和实力无关，是他已届三十的年纪成为讨论的焦点。

他投的球虽然球速不高，但控球很好，而且变化球丰富，刚好符合球团需要有即战力的中继投手的方针。球团应该以为他能投个七八年，所以才会指名他。

只不过球团当初的计划落了空，他虽然在二军能够制住对手，但在一军就不管用了。听石黑说："我进球团第二年，就已经没有容身之处了。"他并没有为这件事太沮丧，因为"我原本就对自己能够胜任职棒投手这件事没有自信，当初进入球团，也只是想了解一下职棒的世界，也许对日后的人生有帮助"。

就在这时，三浦发现了一件事。三浦原本是一军的候补捕手，但因为受了伤，所以被降到二军。因为他们年龄相近，所以经常一起练球。

石黑和三浦练习投球时，故意恶作剧，投了以前在业余球队时学到的变化球。进入职棒后，他从来没有正式投过。

三浦接不到他的球，纳闷地偏着头。石黑又试着投了一球，三浦还是接不到。

三浦立刻跑到他面前问："刚才的球是怎么回事？"

"对不起。"石黑立刻向他道歉，"我只是玩一下，接下来我会认真投。"

"是怎么玩的？你投了什么球？"三浦一脸严肃地追问。

石黑无奈之下，只好给他看握球的方式。用弯曲的手指扣住球，在几乎不旋转球的情况下投出去，也就是所谓的弹指球。这是之前在业余球队时，前辈球员教他的投法。

"你再投看看。"三浦说完，回到了原来的位置。

石黑连续投了好几次弹指球，三浦漏接了好几球。于是，三浦找来了投手教练，请教练站在他身后。

教练原本一脸讶异，但脸上的表情很快就不一样了。

那天成为石黑命运的转折点。第二天，他在一军总教练和投手教练面前再度投弹指球。

之后，球团要求他专心练弹指球。他不必投其他变化球，只要练习用弹指球投出好球。

弹指球是极其特殊的变化球，轨道很不规则，就连投手本身也不知道球的去向。对投手唯一的要求，就是要把球投在好球带，问题是要做到这一点并不容易。当以控球为优先时，弹指球就会缺乏变化，过去有很多投手因为这个，放弃成为弹指球投手。

也许石黑原本就很适合弹指球，所以很快就能够以相当高的概率，把弹指球投在好球带，于是，球团高层就很想确认他是否能够在实际比赛中发挥实力。

他开始在二军的比赛中投球，由三浦担任捕手。他在整场比赛中投的所有球都是弹指球，也成为日本职棒球界划时代的大事。虽然只有短短几局，但石黑完全制住了对手。

几场比赛之后，石黑升到一军，但出现了一个问题，一军没有捕手能够接住他的弹指球。于是，三浦也一起升上一军。

从那时候开始,他受到一部分球迷的瞩目,媒体也开始报道他,用"日本第一位全场弹指球投手诞生"来捧他。

但是,石黑很冷静,并没有因为升上一军就得意忘形。

他冷静地分析后认为,职业锦标赛已经进入尾声,球团早就丧失争夺冠军的资格,观众人数也在持续下滑。球团需要能够吸引观众进场观赛的话题。也就是说,自己和三浦是吸引客人的熊猫。

三浦认为这样也无妨。

"熊猫也很好啊,那我们就让他们知道,熊猫也是狠角色。"

石黑听了之后,不由得感到佩服。原来有人无论在任何状况下,都能够正向思考。

球团的真正目的不得而知,只是很怀疑当时的总教练是否真的相信日本第一位弹指球投手。因为只有和胜负无关的局面时,总教练才会让石黑和三浦上场。

然而,事情逐渐发生了变化,因为几乎没有人能够打到石黑的弹指球,即使有人击出了安打,其实也只是没有打到球心的滚地球刚好从野手之间滚过去,很少有人能够击中球心。

在球季即将结束时,石黑和三浦终于等到了机会。石黑第一次担任先发投手,获得了五安打完封的胜利。

那年年底,石黑和三浦在球团事务所重新签约,两人当然都在接受年薪增加后签了名。

3

筒井正在调整测量仪器，他的眼神很严肃。从他的表情就可以了解，他今天来这里摄影，并不是为了玩乐或兴趣。

去年年底，筒井得知石黑是那由多的客人后就开口拜托，希望能够拍摄石黑的弹指球。筒井将研究运动和流体力学的关系视为毕生的志向之一。那由多听他说，弹指球充满神秘的要素后，就希望能够助他一臂之力，于是就向石黑提起筒井的请求，安排了今天的摄影。

石黑以全场弹指球投手之姿华丽复活，花了五年多时间，在职棒球界建立了独特的地位。但是，除了他自己的状况以外，当天的气象条件也会对弹指球造成影响，所以他的弹指球并非每次都所向无敌，有时候也会轻易被打中。即使如此，石黑累积的胜投超过五十个，也曾经获得"三振王"的封号。

前年初春，那由多认识了这位具有神奇能力的投手。刚满八十岁的针灸师父叫他去冲绳，结果在那里见到了原本是师父客人的石黑。石黑在那里参加球队的集训，起初他看到那由多年纪这么轻，似乎感到不安，但开始针灸后，他立刻放松了警戒。石黑对那由多说，他的手法和他师父完全一致，那由多暗自松了一口气。

之后，只要石黑有需要，那由多就会飞去全国各地为他针灸。被人需要是一件最快乐的事。

筒井对着三浦的背影说："随时开始都可以。"所有的测量仪器似乎都设置完成了。

三浦向石黑轻轻举了举手后，看着筒井问："我也可以拜托你一件事吗？"

"什么事？"筒井问。

"还有一个人也想加入，他就等在附近，我可以叫他过来吗？"

"没问题，请问是谁？"

"不是什么奇怪的人，是我们球队的选手。那我叫他过来。"三浦从放在附近椅子上的皮包里拿出智能手机，不知道打电话去了哪里。

圆华正在操作监视器，那由多走了过去。监视器屏幕上出现的是从捕手位置看石黑投球的影像，好像是刚才他们练习时试拍的。因为是高速摄影机拍摄的影像，即使用正常的速度播放，也会变成慢动作，一眼就可以看出石黑投的球轨道很复杂。

"太厉害了。"那由多小声地说，"简直就是魔球，根本没办法预测会投到哪里。"

圆华露出冷漠的眼神看着他说："这种说法并不正确。"

"那要怎么说？"

"正确地说，"她停顿了一下，似乎在思考如何表达，然后继续说道，"是来不及预测，但对你来说，说无法预测也没问题，因为你应该不知道预测的方法。"

"难道你知道？"

"因为这只是物理现象，世界上没有不能预测的物理现象。"

那由多正打算问她是什么意思时，听到开门的声音。往入口的方向看去，一个高大的男人走了进来。

他是石黑所在球队的捕手山东。大学毕业后，几年前参加新球员选拔会后进入球团。当初声称他是超级震撼弹的捕手，但目前还没有看出任何震撼的迹象。

那由多不由得倒吸了一口气，因为他想起山东和弹指球相关的一件事。

穿着运动外套的山东走过来后，鞠了一躬说："辛苦了。"三浦也没有特地介绍他，只是对筒井说："那就开始吧？"

"麻烦两位了。"筒井坐在监视器前，圆华站在他身后，那由多站在圆华旁边。

三浦举起捕手手套做好接球的准备，石黑缓缓甩下手臂，用一如往常的姿势投了第一个球。从侧面看，会以为是很普通的半速球，球速在每小时一百一十千米左右。

但是，如果从捕手和打者的位置观察，就会发现完全不一样。石黑投的球时左时右，呈现完全难以预料的变化。虽然只是微小的晃动，但对直径只有七点几厘米的棒球来说，这样的晃动足以产生极大的影响。

"太厉害了。"筒井看着监视器小声说，"球棒真的打不到。"

石黑投完第十个球时，筒井说了声："辛苦了。"因为当初说好只拍十球。

"谢谢两位，托两位的福，拍到了珍贵的影像。"筒井向投手和捕手道谢。

三浦站了起来："可以稍等一下吗？"说完，他跑去石黑面前，两个人聊了几句后，三浦又跑了回来，然后把山东叫了过去。不知道三浦对山东说了什么，山东一脸不悦的表情。

"怎么回事？"筒井在那由多耳边问。

"不知道……"

三浦拍了拍山东的肩膀后，来到那由多他们面前。

"其实还有一个不情之请，可以再拜托你帮忙吗？"他问筒井。

"请问是什么事？"

"不是什么困难的事，我会请石黑再投五六个球，希望你继续拍摄。"

"那没问题，对我来说，资料越多越好。"

"但是，由山东担任捕手，这样也没关系吗？"

"呃，要换成山东选手……"筒井露出困惑的表情，但立刻点了点头说，"好。"

"不好意思，我立刻请他做准备。"三浦又跑去山东那里。

山东脱下了运动外套，里面穿着练习服。也许三浦已经事先告诉他，要请他当捕手接球。他戴上三浦交给他的捕手手套，向石黑点了点头，在捕球位置蹲了下来。

三浦向石黑举起手。

石黑开始投球。即使换了捕手，他的动作仍然没有改变。投球的速度也和刚才几乎相同，勾勒出隆起的缓和曲线。

因为三浦刚才很轻松地接到了球，所以那由多预测那个球也会落入山东的捕手手套上。没想到他猜错了，山东没有接到那个球。球发出沉闷的声音后，擦过手套边缘，从侧面用力弹了出去。

"对不起。"山东小声说道，跑去捡球。

那由多和筒井互看了一眼，筒井微微偏着头。

石黑的表情没有任何变化，若无其事地踩着脚下的土。

但是，三浦无法保持平静。他在山东耳边小声说着什么，好像在指导山东。

石黑投了第二球。

没想到山东还是没接到。球稍微偏离了手套的位置，打到了山东身上。山东呲了一下嘴，但似乎并不是因为疼痛。

石黑在尴尬的气氛中投完剩下的三个球。其中一个是弹跳球，滚到山东后方。另一球再度打到山东身上。山东只接到最后一球，但也是勉强用手套前端钩住而已。

"辛苦了，这样就可以了。"三浦对山东说完后，看着筒井说，"谢谢。"

"不，你太客气了。"筒井摇了摇头，然后指示圆华，"把摄影机和仪器收起来。"圆华点了点头，开始收拾。

山东把手套还给三浦后，鞠了一躬说："对不起。"

"别放在心上，重要的是以后。"

山东没有回答，微微歪了歪头，向那由多他们行了一礼后，走向出口。从他的背影就可以看出他的沮丧。

石黑走了过来，问筒井："这样可以了吗？"

"足够了，谢谢你，等分析结果出炉后，我会再和你联络。"

石黑听了筒井的话，摇了摇手说："不用了，科学的事不重要。"说完，他转头看着那由多说："工藤，那下次再麻烦啰。"

"辛苦了。"

石黑把放在椅子上的皮包扛在肩上走了出去。三浦目送他离开后，转头看着筒井说："请问可以稍微占用你一点儿时间吗？我有事情想要和你讨论。"

"我吗？"筒井露出困惑的表情问。

"对，虽然可能讨论不出什么结果。"

筒井瞥了那由多一眼后，对三浦说："好啊。"

室内练习场旁就是休息室，那由多、筒井和三浦面对面坐着。圆华坐在隔壁的桌子旁。

"我想和你讨论的，就是有关山东的事。"三浦用严肃的语气提道。

"就是之后来的那名年轻选手吗？"

"对，其实我希望他接我的棒。"

"接棒？那你呢？"

三浦嘴角露出笑容："这件事，目前还没有人知道。不瞒你们说，其实我已经力不从心了，恐怕撑不了多久。"

那由多大吃一惊，他第一次听说这件事："你身体哪里有问题吗？"

"浑身都有问题。"

"膝盖。"圆华在一旁插嘴说,"两个膝盖都有问题,尤其是左膝盖。"

三浦露出狐疑的眼神看着她问:"你怎么知道?这件事并没有对外公布,你读医学系吗?"

"不是,但只要看你走路就知道了。"圆华冷冷地说完后,轻轻摇了摇右手说,"对不起,我太多嘴了。"

那由多想起上个月的事。圆华也是一眼就看出跳台滑雪选手的旧伤。

三浦一脸难以释怀的表情,但还是转过头,看着那由多和筒井。

"她说得没错,左膝盖的情况很糟。医生说,即使动手术也没救了。老实说,能够打完这一季就是上天保佑了,但八成没办法。"

"这么……"

那由多没为三浦针灸过,但猜想他年纪不小,应该也有不少伤,没想到情况会这么严重。

"我已经做好了心理准备。"三浦看着筒井,"既然要引退,就必须先解决一个问题。"

"谁来接石黑投手的球吗?"

"没错。"三浦点了点头,"他的弹指球太厉害了,别人打不到他的球很正常,因为光是接他的球,就吃尽了苦头。不过也因为这个,像我这种二流选手也有机会成为石黑专属的捕手上场比赛,但也因为这个,必须隐瞒膝盖的伤。一旦被人知道,只有对手球队会感到高兴。只不过正如我刚才说的，我已经力不从心了。"

"所以你要培养接班人。"

"就是这样。当然，总教练和教练都了解我的身体状况，从去年开始，就在讨论到底该由谁来接我的班，最后，从几名捕手中选中了山东。在上个球季石黑最后一次登场时，让山东上场当捕手，这也是他首次进入一军。"

"我知道那场比赛，"那由多说，"当时在网络上引起一番讨论。因为是三浦先生以外的选手当捕手，所以我也很关心。"

"所以，你应该也知道结果？"

"对。"那由多低下头。

"结果怎样？"筒井问。

"起初很理想。因为石黑的状况不错，第一局和第二局都顺利让对方三振出局，山东似乎也得心应手。但是——"

三浦愁容满面地继续说了下去。

"那场比赛中，当有跑者在垒上时，山东开始不太对劲儿。当垒上有跑者时，石黑为了防止盗垒，所以改成挥臂式投球，山东就连续接不到球，最后甚至在没有安打的情况下也让对方球队得分。总教练看不下去，最后换我上场接手。"

"网站上也有这段影片。"那由多说，"在一局中漏接了四次？"

"五次。"三浦张开手掌。

"挥臂式投球时，球不容易接到吗？"筒井问。

三浦摇了摇头。

"没这回事。即使是用挥臂式投球，山东在练习时都可以接到，没想到会突然出状况……应该是第一次漏接球让他陷入崩溃了。如果只是那场比赛失常，当然没有问题，问题是自从那天之后，山东就再也接不到石黑的弹指球了。我相信你们刚才看了之后，也应该了解了。"

"刚才的确不像能接到球的样子，虽然这么说，可能有点儿失礼。"

"你说得完全正确，他完全失去了自信，似乎得了捕球易普症。"

"捕球易普症？"那由多瞪大了眼睛，"有这种病吗？"

易普症（Yips）源自高尔夫球，是指短距离击球时，身体却无法准确推杆的运动障碍。

"有啊，在棒球中，投手和野手无法顺利投球的投球易普症很有名，偶尔也会有无法顺利接到球的状况，就连很普通的滚地球也接不到，或是漏接高飞球。据我的观察，山东就属于这种情况。"三浦将视线移回筒井身上，"麻烦的是，这种状况很少会自然痊愈，如果不及时想办法改善，只会越来越恶化。不瞒你们说，最近山东和其他投手练球时，接球也出了问题。"

"怎么会……？"

"不，事实就是如此。"

"嗯。"筒井发出低吟，抱着双臂，"所以，你想和我讨论的是？"

"你不是要用科学的方法研究石黑的弹指球吗？虽然不能说是顺便，但可不可以请你分析一下，为什么山东无法接到球？我猜想是因为精神上，但我想亲眼确认一下，他的接球到底出了什么问题。"

他刚才要求山东当捕手，似乎就是为了这个目的。

筒井有点儿为难地摸着下巴。

"我了解了，而且我个人也很有兴趣。在分析影像时，我会从这个角度观察，如果是精神上的问题，就不知道到底能不能分析出来。"

"这样就够了，老实说，我现在是死马当活马医。啊，不不，我不是说老师的研究是死马……"

"有没有考虑起用其他选手呢？"那由多问。

"目前还没有。"三浦皱着眉头，"总教练和教练也要求我在这件事上谨慎处理，如果轻易提拔其他选手，结果又像山东一样陷入'瓶颈'就惨了，而且其他选手看到山东的情况之后，意愿也不高。"

"那可真棘手。"

"石黑投手在这件事上有没有表达什么意见？"筒井问。

三浦不悦地摇了摇头。

"什么都没说。照理说，他应该知道我膝盖的问题，但一提到谁来接替的问题，他就一副事不关己的态度，我完全不知道他在想什么。"

说完，他叹了一口气。

4

在拍摄石黑用弹指球投球的四天后，筒井打电话给那由多。

"我发现一件有趣的事，如果你有事来这里，顺便来找我一下。"

那由多刚好隔天要去附近，所以顺便拜访了位于长野县的北棱大学"流体力学研究室"。

"弹指球比我想象的更复杂。"筒井在桌上打开笔记本电脑。

"什么意思？"

"因为导致弹指球变化的因素实在太多了，而且这些因素会复杂地相互影响，根本无法简单地得出结论。"

筒井把电脑屏幕转向那由多，屏幕上正用慢动作播放之前用高速摄影机拍摄的石黑投球状况。影像很清晰，甚至可以清楚地看到球上的缝线。

"这个球上几乎没有承受任何旋转的力量。通常投手投的球，无论是直球还是变化球，都会高速旋转，借此维持轴的稳定，在落入捕手的手套之前都不会改变。这称为陀螺效应，也是脚踏车和陀螺不会倒的原因。指叉球是借由抑制旋转，增加空气阻力的变化球，大幅下坠的程度出乎打者的预料。只是指叉球也会稍微旋转，但弹指球几乎没有任何旋转，所以轴很不稳定，再加上其所承受的空气阻力比指叉球更大。如果只是这样，应该会垂直下坠。你仔细看，就是下一个瞬间。"

筒井指着屏幕说道。刚才完全没有旋转的球开始缓缓转动。

"啊！"那由多叫了一声。

"投球时，没有施加任何旋转力，但为什么球会在中途开始旋转？原因就在这缝线上。缝线微微隆起，这个部分承受了空气的阻力，所以产生旋转。这和用风吹静止不动的电风扇，电风扇叶片也会旋转是相同的原理。问题在于当球旋转时，前进方向和缝线的位置会发生变化，所以承受的空气阻力也会产生新的变化，导致球往左或是往右偏移。当球稍微偏移后，又会改变所承受的空气阻力，导致偏离轨道，也就是会在晃动的同时下坠。"

当球落入手套后，筒井停止播放。

"大致来说，弹指球就是这样的变化球，如果再加上空气的黏性和湿度，以及受气压等因素的影响，难怪连投球的人也无法预测到底会有什么变化。"

那由多忍不住苦笑起来："看来真的很棘手啊。"

"正因为棘手所以很值得研究。我打算再仔细分析，目标是完全仿真弹指球的轨道。"

"有办法做到吗？"

"在理论上可以做到，因为只是几个物理现象同时出现而已。"

那由多听到筒井这么说，不由得想起圆华之前说的话。她说可以预测弹指球的去向，还说没有无法预测的物理现象。

"好了。"筒井把笔记本电脑拉到自己的面前，"刚才这些只是引子。"

"只是引子而已吗？"

"接下来才是正题。"

筒井操作笔记本电脑，在屏幕上显示了另一段影片。影片中出现了山东的后背，那是他当捕手时的影像。

"这是三浦选手拜托的事吧？有没有发现什么？"

"嗯，你先看一下再说。"

影片中，山东没有接到石黑投的球。虽然看不到山东的脸，但不难想象他脸上浮现出焦急的表情。

筒井操作着键盘，放慢了播放的速度，同时放大了山东的手。

"我详细调查山东选手接不到球的原因后，发现他在接球前，手套移动了。"

"手套？"

筒井敲着键盘，又出现了另一个画面。屏幕在正中央分成两半，左、右两个画面都出现了捕手的手套。

"左侧是三浦选手的捕球动作，右侧是山东选手。为了方便了解，我让两次接球的动作同步。"

球几乎在相同的时机出现在两个画面中，左侧的球稳稳地落入手套中，右侧的球则飞离了手套，但其实是因为手套移动造成的。

"真的。"那由多小声嘀咕。

"石黑投手为山东选手投了五次弹指球，但手套每次都在接球前稍微移动了一下。我认为这就是漏接的原因。"

"为什么会这样？"

"我也不知道，我猜想是精神因素造成的。"筒井操作电脑，关掉了影片，"你把这些资料拿去交给三浦先生。"

"好，我最近会和他见面，到时候会带给他。"

"虽然我很希望可以和你一起去，但我还有很多事情要处理，所以没有时间。如果你不介意，可以带圆华一起去。"

听到意想不到的名字，那由多看着筒井问："带她一起去？"

"因为她帮了不少忙，关于这份数据，她应该也可以完整说明。"

"她真的在当你的助手吗？她之前说对乱流有兴趣，那是怎么回事？"

"你也知道，她母亲被卷入北海道发生的一场巨大龙卷风后不幸身亡，所以她有野心，想要预测龙卷风和下爆气流之类的异常气象，但必须了解乱流之谜，才能做到这一点。她似乎认为了解弹指球和乱流密切相关。"

"这么高难度的问题……她不是才十几岁吗？"

"你也知道，她具备特殊能力，就是能够凭直觉综合掌握流体动向的能力，所以我对她也很有兴趣。不知道在有关弹指球的问题上，她会不会又有什么惊人之举。"

"她的确很令人在意……"

"对不对？所以我希望你带她一起去。"筒井打开抽屉，拿出一张卡片。

上面写着羽原圆华的名字和手机号码。

5

"果然是这样啊。"三浦看着笔记本电脑屏幕，皱着脸说，"他用手套去抓球，这样当然接不到弹指球。"

笔记本电脑屏幕中播放的是比较三浦和山东接球动作的影片，就是那由多在筒井的研究室看过的那段影片。

那由多正准备伸手去拿咖啡，不由得停下了手。

"果然……所以你早就知道原因了吗？"

三浦不悦地微微点头。

"接弹指球的诀窍，就是直到最后一秒都不能松懈，等待球飞进手套。因为球在下坠的同时会晃动，所以会忍不住想要伸手去抓球，但必须忍住。山东以前可以做到这一点。"

他们在东京都内某家饭店的咖啡厅，因为座位在最后方，所以不必担心被别人听到。

"为什么他现在做不到了？"

"直接原因当然是之前那场比赛。"

"就是连续漏接球的那场比赛吗？"

"对，当石黑开始用挥臂的方式投球后，他就接不到了。我猜想真正的原因并不是挥臂式投球，而是垒上有跑者。他觉得绝对不能让跑者盗垒，这种想法太强烈了。弹指球的速度不快，所以跑者很容易盗垒，正因为这样，石黑才会改用挥臂的方式投球，山东应该也想赶快接到球，没想到漏接了，让跑者上了二垒。结果他就更急了，紧张地觉得下一次非接到球不可，于是又去抓球。当再度失误时，他就陷入了恐慌。我猜想他就是这样陷入了这种恶性循环。虽然只要忘记之前的失误，就可以解决问题，但他个性很老实，所以没办法做到这一点，反而变成了一种心理创伤。"

"既然这样，只要让山东选手看这段影片不就解决了吗？只要知道原因，不是就可以修正吗？"那由多从放在一旁的皮包内拿出一个扁平的盒子，"这个DVD-R内有相同的影片。"

三浦想了一下之后，接过DVD-R。

"我会给他看，但我认为没这么容易解决。运动时的习惯往往不太能够改过来，尤其是这种瞬间的动作，而且是因为精神因素造成的，恐怕很难修正。我认为最重要的是让他找回自信，只要他找回自信，我相信一定可以再接到球。问题在于他目前完全没有自信，真不知道该怎么办。"

"别管他就好了啊。"坐在那由多旁的圆华说。

"啊？"那由多看着她的脸，"什么意思？"

"当选手面临'瓶颈'，别管他就好。既然是职业选手，就应该靠自己的力量重新站起来。如果做不到，就别再打球了。"

三浦苦笑着说："你还真严厉啊。"

"你根本不了解职棒世界，说话别这么狂妄。"那由多说。

圆华露出纳闷的表情看着那由多："说实话就是狂妄吗？"

"不，你说得对，"三浦对圆华点了点头，"职业选手的确应该这样。照理说，不会有任何人伸出援手。相反，在职棒世界，当其他选手遇到'瓶颈'时，在暗中偷笑的人才能生存。"

"既然这样，你为什么要帮助山东选手？"圆华问。

"因为是我挑选了他。"

"挑选？"

"当总教练和教练针对接替捕手的问题征求我的意见时，我推荐了山东。因为我听和他关系很好的人说，他进入球团后，就暗中以我为榜样。他不是把一军的正式捕手，而是把我这个备用捕手视为榜样，说想要学习我对棒球的态度。虽然这种话听了让人很难为情，但还是很高兴，所以我也希望他能够接到石黑的弹指球。实际上，他在练习的时候都可以顺利接球，只是没想到现在会变成这样，就连他的选手前景也岌岌可危。如果我当初没有推荐他，就不会有目前这种情况了。每次这么想，就觉得很对不起他。"

"但是，山东选手当初也可以拒绝吧？"

"选手无法违抗总教练的命令，而且，他自己应该也没料到会变成这样的结果。"

"你提供了机会，是他自己无法把握机会，我觉得你没必要为这件事自责。"

"俗话不是说，烂摊子要自己收拾干净吗？如果我就这样引退，留下这个烂摊子，我可能连睡觉也没办法安稳。"三浦对圆华笑了笑之后，转头看着那由多，"筒井老师的分析给了我很大的参考，代我向老师问候。"

那由多拿起脚边的纸袋递给他："这是长野特产的酒，筒井老师送的，谢谢你协助他的研究。"

"那怎么好意思！照理说，我应该向他道谢才对。"三浦接过纸袋时，看着那由多的脚下，那里还有一个纸袋，"你还要去和石黑见面吗？"

"我打算等一下去见他。"

"是吗？那……"三浦似乎想到了什么，"那你可不可以不经意地向他打听一下，他对接替捕手的问题有什么想法？虽然他什么都不告诉我，但也许会对你透露自己的想法。"

"好。"

"那就拜托了。"三浦站了起来，对圆华说，"谢谢你严厉的意见。"然后走了出去。

圆华用吸管喝完柳橙汁后，重重地叹了一口气。

"真麻烦，其实他根本不需要考虑自己引退之后的事啊。"

"这就是男人的世界，你不了解。"

"你就了解吗？"

"我当然了解。"

"哼。"圆华不看那由多，用吸管搅动着大玻璃杯里的冰块，发出"嘎啦"的声音。

"我等一下要去见石黑先生，那你呢？"

"我也要去，我想确认一件事。"

"是噢，确认什么事？"

圆华露出冷漠的眼神看着那由多："说了也是白说。"

"那你说说看。"

"关于乱流的事。"

那由多皱起眉头："又是这个？"

"我就说嘛，说了也是白说。"

三十分钟后，他们出现在健身房的大厅。这里有球团的练习场内没有的特殊健身器材，石黑每个星期都会来这里练习几次。

石黑很快就现身了。他在毛衣外穿了一件夹克。

打完招呼后，那由多把筒井请他转交的酒递给石黑。

"我没做什么值得他感谢的事，但既然你都带来了，那我就收下了。"石黑眯起眼睛，接下了纸袋，"上次投球对他的研究有一点儿帮助吗？"

"老师很高兴，听说详细的情况要接下来好好分析。因为太深奥了，我也搞不太懂。"

"我想也是，就连投球的人也搞不清楚那些理论。"

"石黑先生，"圆华开了口，"你是乱流的魔术师。"

"乱流？"石黑讶异地皱起眉头。

"好像是物理用语。"那由多向他说明。

"是噢。"石黑似乎没有太大的兴趣，看着圆华说，"虽然我也搞不太懂，但可以当作称赞吗？"

"当然是称赞。"

"那就谢谢啰。"

"我可以请教一件事吗？"

“什么事？”

圆华从拎在手上的皮包里拿出一个棒球。

“我想请你教我怎么握球。”

“喂喂，”那由多在一旁插嘴说，“这是商业机密，怎么可能教你？”

“不，没关系。”石黑伸手从圆华手上把球拿了过来，“即使在网络上公布也没关系，打者不可能因此打到我的球，其他投手也没办法模仿——就像这样。”他的食指和中指用力弯曲后扣在球上，用大拇指和无名指夹住球，“投球的时候，用食指和中指用力弹出去，在弹出去之前，松开大拇指和无名指。只有大拇指压在缝线上。”

“不会改变缝线的位置吧？”

“对，每次都一样。”

“那如果这样握球，投出去会有什么结果？”圆华把石黑握着的球转了三十度。

石黑的眼神顿时严肃起来，他用严肃的眼神看着圆华问：“你觉得会怎么样？”

“应该就不会变化了。”圆华看着石黑回答，“只会直直地下坠，我说对了吗？”

石黑瞪大了眼睛，用力点头。

“没错，你说得完全正确，不会产生弹指球特有的晃动，和普通的慢速球没什么两样。”

“是这样吗？”那由多眨着眼睛，注视着石黑手上的球。

"为了掌握弹指球，我试过各种握法。虽然我都同样努力用让球不旋转的方式投球，但握球时，缝线的位置不同，变化的程度也会产生不同。目前的握法变化最大，也最容易控球。她刚才说的那种握法最没有变化。"石黑将视线移回她身上，"筒井老师的研究连这种事也知道吗？太厉害了。"

"厉害的是你。你果然是乱流的魔术师，我认为这是一种艺术。"

"谢谢，任何男人被年轻女生称赞，都不可能不高兴。"石黑说完，把球交还给她。

"无论如何，都要好好培育捕手，才能接到这种充满艺术的魔球。"那由多说，"我听三浦先生说，他的膝盖已经撑不下去了。"

"好像是，但应该还可以再撑一阵子吧。在那之前，只能请他好好接住我的球。"

"那之后怎么办？"

"没怎么办。既然没捕手，那就没办法了，我也就没有了用武之地。"

"既然这样，不是应该培育接替的捕手吗？接替三浦先生的捕手。"

石黑用鼻子吐气。

"我是投手，没办法培育捕手。虽然我会投弹指球，却不知道接球的方法。就连知道方法的三浦也没办法培育接替的捕手，我就更无能为力了。"

听到石黑心灰意懒的回答，那由多突然想到一件事。

"该不会……石黑先生，该不会在三浦先生引退之后，你也打算引退？"

石黑吐了一口气："嗯，应该就是这么一回事吧。"

"这——"

那由多正想反驳，石黑伸手制止了他。

"我没有遗憾。我也说过，三十多岁进入职棒时，我就没抱什么希望。多亏了三浦，我才能走好运。日本首位全场弹指球投手的名称虽然好听，但其实只是杂耍。三浦陪了我这么多年，已经足够了。投手不是经常称和自己搭档多年的捕手是'老妻'吗？我们一起走到今天，最后也要同进退。"

"石黑先生……"

"我已经存了点儿钱，差不多该考虑自己的第二人生了，引退的时机也刚好。"

"总教练……高层是怎么想的？如果你离开了，不是会对球队造成很大的打击吗？"

"目前的总教练只做到今年为止，所以应该希望三浦的膝盖可以撑到年底。高层的工作就是展望未来，不会专程为即将引退的投手培育专属捕手。我也不想再连累年轻选手了。"

"连累……"

"如果因为和我沾上边而毁了前途，会让我良心不安。"

从石黑痛苦的表情中，可以感受到他对毁了山东感到自责。他之所以决定一旦三浦引退，自己也离开，应该担心被指名为接替的捕手也像山东一样。

"这太奇怪了。"圆华突然大声说道,"因为没有人能够接球,就要放弃继续投那种充满艺术的球,这绝对有问题。世界上有几个人能够像你一样控制那种乱流?"

"你又在称赞我吧?谢谢。"石黑落寞地笑了起来,"话虽这么说,但如果没有捕手,就没办法打棒球。"

"所以,"圆华看着半空,"只要那个选手重新站起来就没问题了,就是那个姓山东的废物。"

"别再逼他了,"石黑在脸前轻轻摇手,"我希望他赶快摆脱弹指球,找回原本的实力。"

"但不是没有其他人可以成为你的专属捕手吗?"

"是啊,但我已经放弃他了。"

"即便你放弃了,我还没放弃。难以想象竟然无法再看到那么出色的弹指球。"

圆华好胜地瞪大眼睛。那由多看着她,内心震了一下。因为他发现圆华露出和上次相同的表情,就是命令已经决定引退的跳台滑雪选手再跳一次时的表情。

"你这么说,我当然很高兴,但我也无能为力。"石黑微微摊开双手,"别再提这件事了,到此为止。"说完,他准备站起来。

圆华右手握拳,放在嘴边,露出思考的表情。石黑有点儿不知所措地看着那由多。

"虽然我不知道能不能成功,"圆华开了口,看着那由多说,"但我想试一件事。听三浦先生说，只要山东选手能够找回自信，问题就解决了。"

"是啊。"

"既然这样，就很值得一试。"

"试什么？"

"在说明之前，石黑先生，我想拜托你一件事。"

"什么事？"石黑问。

"请你投一个变化最猛的弹指球。"圆华再度拿起刚才的球递给石黑，"对着我投。"

6

那由多走进室内练习场，发现三浦和石黑正坐在椅子上聊天。

"不好意思，还请你们特地跑一趟。"那由多走过去，向他们鞠躬说道。

"石黑告诉我的时候，我还以为他在恶整我。既然你也来了，看来不是这么一回事。"三浦一脸纳闷地说。

"当然。"

"我无论如何都无法相信，那个女生真的有办法做到吗？"三浦微微偏着头，"而且她那么瘦。"

"据她说，这和身体无关。在女子棒球选手中，还有比她更娇小的女生。"

"也许吧……"

石黑窃笑起来，肩膀摇晃着。

"不管我怎么说明，三浦就是不相信，但这也不能怪他，因为就连我也一样。不瞒你说，我至今仍然无法相信，甚至觉得会不会是在做梦。"

"老实说我也是。"那由多说，"我吓到了，也无法相信，但全是现实，并不是梦。"

"嗯，我知道，所以我才同意加入，也请三浦协助。"

那由多巡视周围，练习场内没有其他人。

"山东选手呢？"

"他在训练室，"三浦回答，"只要我打一个电话，他马上就过来。"

"你是怎么对山东选手说的？"

"我没有告诉他详情，只说有关于弹指球的接球问题，想让他看一些东西。"

"他说什么？"

"没特别说什么，只是有点儿意兴阑珊。"

"他可能不想看到我，"石黑愁眉不展地说，"工藤，这是最后一次，如果这次不行，就真的只能放弃了。"

"你在说什么啊，请你别这么说。"

"不，我已经决定了。"

"这……"

"喂喂！"三浦皱起眉头，"现在还没开始，不需要思考万一失败的事。"

"没错。"石黑说，"对了，主角在哪里？"

"应该马上就到了。"

那由多的话音刚落，立刻听到开门的声音。那由多转头一看，不由得倒吸了一口气，因为圆华和一个女人走了过来。那个女人穿着和眼前的场合很不相称的黑色长裤套装，虽然很漂亮，但脸上没什么表情，懒洋洋地眯着眼睛。

最引人注意的是圆华的打扮，她身上戴着捕手专用的护具。

石黑扑哧一声笑了起来："她穿起来有模有样啊。"

"那是什么？少年棒球的护具？"三浦问。

"听说是女子垒球的。"

"哦，哦，原来是这样。"

圆华走到他们面前，冷冷地说："让你们久等了。"

"我们正在说，你穿起来有模有样。"那由多指着她的护具说。

"其实根本不需要这种东西，只是增加重量而已。"

"真是太有自信了。"三浦惊讶地嘀咕。

那由多将视线移向穿着套装的女人："我是工藤那由多，你是桐宫小姐吧？"

"对。"那个女人回答，"谢谢你这么照顾圆华。"

"他才没有照顾我，是我在帮他。"

桐宫女士皱起眉头："这叫寒暄。"

"不，圆华说得没错，这次也是她帮我们，而且强人所难地让你来这里，真的很抱歉。"

桐宫女士叹了一口气。

"这并不是圆华第一次提出强人所难的要求，但老实说，这次我很想拒绝，因为我从来没有演过戏。"

"我不是说，如果你不想帮忙可以拒绝吗？"圆华嘟着嘴说。

"如果我拒绝，你打算找别人吧？"

"那当然啊。"

"这才伤脑筋，所以我才答应。之前再三提醒你，不要随便在别人面前展现你的能力，你根本不听话。"桐宫女士把标致的脸转向那由多他们，"也顺便拜托各位，圆华的事请不要四处张扬，今天这里进行的事也不要对外透露，这是我提供协助的条件。"

那由多和石黑、三浦互看一眼后，对桐宫女士点点头说："我们可以保证。"

桐宫女士点了点头，似乎觉得既然他们答应了，就只能提供协助。

"那可以请你叫山东选手过来吗？"那由多对三浦说。

三浦从口袋里拿出智能手机开始打电话。

"欸，"石黑在那由多耳边小声地问，"那个女人是谁？"

"我也不太清楚。"那由多也小声地回答，"听圆华说，好像是她父亲的秘书，秘书兼监视她的人。"

"监视她噢，她可能真的需要有人监视。"

石黑看着圆华的眼神不是好奇，而是对不可捉摸的人所产生的畏惧。

"不过，还是会有点儿紧张。"石黑改变了说话的语气，"我也从来没演过戏，不知道能不能成功。"

"你只要默默投球就好，其他的就交给我们。"

"嗯，那就拜托了。"

那由多看向圆华，她完全没有紧张，正在和桐宫女士斗嘴，只听到她们提到"拉普拉斯"这几个字，但那由多不知道那是什么意思。

门打开了，穿着练习服的山东走了进来。他可能看到了圆华的打扮，所以看向那由多他们时，露出了讶异的表情。

山东走到那由多他们面前，自言自语地问："等一下到底要干吗？"

"想让你看一些东西。"那由多对山东说完后，看着石黑和三浦说，"请两位开始练习投球。"

石黑点了点头，拿起放在椅子上的手套。三浦也拿起了捕手手套。

两个人各就各位后，石黑开始投球。他投的当然是弹指球。

"老师，"那由多对桐宫女士说，"可以麻烦你吗？"

"好——那就走吧。"桐宫女士带着圆华走到三浦的后方。

"她们要干吗……"山东小声嘀咕。

"我们也过去吧。"

桐宫女士和圆华在三浦正后方并排站在一起，那由多站在她们旁边。

石黑投的球一如往常地微妙晃动，让人不由得佩服，三浦竟然能够接到球。那由多偷偷观察山东，发现他微皱着眉头，似乎在自责，为什么自己无法像三浦那样接到球。

桐宫女士把手放在圆华的肩上。

"你可以接到，不可能接不到。只要伸出捕手手套，球就会自动跑进去。你可以接到，一定可以接到。"

桐宫女士说这些台词时的声音完全没有起伏，听起来好像咒语。那由多明知道是演戏，但可怕的感觉还是让他忍不住感到心里发毛。

"你可以接到。"桐宫女士又说了一次之后，拍了拍圆华的肩膀，转头看着那由多说，"完成了。"

"已经没问题了吧？"

"对。"

"圆华，那就开始吧。"

圆华点了点头，走去三浦的位置，代替他蹲了下来，举起捕手手套。

"怎么可能？"山东叫了起来，"她当捕手？太荒唐了。"

三浦走了过来，脸上带着不安的表情。

"三浦先生，这是怎么回事？怎么可以让那个女生当捕手？"

山东激动地问，口水都喷了出来。

"我也半信半疑，但工藤说绝对没问题……"三浦的话听起来不像是演出来的，八成是他的真心话。

石黑在众人瞩目下开始投球，所有人的视线都盯着球。

球离开了他的手，下一刹那——

砰——随着一声响亮的声音，圆华的手套接住了球。

"呼！"那由多听到耳边响起这个声音，那是山东发出的，应该是在倒吸一口气时，不小心漏出来的声音。

所有人都默不作声，三浦也露出极度惊讶的表情，他看着那由多的双眼似乎在说，原来石黑说的话是真的。

圆华把球丢还给石黑。硬球很重，在半空中划出一条抛物线，而且没有丢到石黑那里，中途掉落在地，滚到石黑面前。

石黑又投了第二球，圆华又成功地接到了球。即使是外行，也知道她接得很稳。

第三球、第四球——圆华接连接住了好几球。虽然对职业投手来说，球速并不算快，但时速也超过了一百千米，而且即使站在那由多他们的位置，也可以清楚地发现石黑投出来的球有微妙的变化。

当圆华接住第五个球时，那由多对圆华说："行，可以了。"然后看着山东问："你觉得怎么样？"

"难以相信……"山东一脸茫然地摇了摇头，"为什么那个女生可以接到？简直就是魔法。"

"这不是魔法，而是科学。"桐宫女士用冷漠的语气说。

"你对她做了什么……？"

"山东先生，"那由多说，"我为你介绍一下，这位是开明大学心理学研究室的桐宫老师。桐宫老师正在研究利用催眠术激发人类的潜能。"

"催眠术？"山东的眼神中夹杂着困惑和怀疑。

"但并不是随心所欲地操控别人，或是突然让对方睡着。"桐宫女士说话的声音仍然没有起伏，"只是引导对方发挥出原本具备的潜力。"

"原本具备的？那个女生原本就具备了接弹指球的潜力吗？"

"不光是她，理论上，任何人都可以接到。"桐宫女士继续说道，"只需要具备动态视力和敏捷性。"

"听了这些，你应该知道找你来这里的原因了吧？"三浦走过来说，"老师可以协助你像以前那样接到弹指球。"

山东的眼神飘忽着，因为太出乎意料，所以有点儿不知所措："为我催眠？"

"你要不要试试？据说没有副作用。"

"……石黑先生也同意吗？"

"如果不同意，他今天就不会来这里。"

山东低头不语，他应该仍然无法相信。但是，无论怎么看，十几岁的女生接到了石黑的球这件事都是事实。即使再怎么难以置信，他也只能接受。

圆华走了过来，用眼神问那由多目前的状况。那由多微微偏着头。

不一会儿，山东抬起头，看着桐宫女士问："我该做什么？"

那由多和三浦互看了一眼。山东似乎心动了。

"你要接受催眠？"桐宫女士问。

"如果可以接到弹指球的话。"

桐宫女士点了点头，似乎表示"很好"。

"因为你之前经常看石黑先生投球，所以不需要特别做什么，只要放松身体。"她走到山东身旁，把手放在他肩上，"你可以接到球。"她像刚才对圆华说的时候一样，用平淡的语气说，"你可以接住石黑投手的球，不可能接不到。"

"一定可以接到。"桐宫女士最后说完这句话，拍了拍他的肩膀说，"可以了。"

"这样就结束了？"山东的表情有点儿失望。

"对。"桐宫女士点了点头，"这样就结束了。"

三浦把捕手手套递给山东："你试试看。"

山东戴上手套的同时，走向捕手区，向石黑鞠了一躬后，在捕手位置蹲了下来。

石黑看着那由多他们的方向，眼神似乎在说："我要开始了。"那由多点了点头。

石黑高举手臂，像平常一样投了球。球维持平常一样的速度，在半空中勾勒出抛物线，发出响亮的声音落入了山东的手套中。

"哦！"三浦叫了起来，"太好了！接得好！"

山东愣在那里。不知道是因为相隔多日，终于又接到了球，暗自松了一口气，还是因为催眠术的效果感到惊讶。因为站在他的背后，无法看到他脸上的表情。

他把球丢还给石黑，蹲下来后，再度举起手套，做好接球的准备。

石黑投了第二个球，成功地被山东的手套吸了进去。

第三球也顺利接到了，而且接球很稳定，和之前判若两人。

没想到山东突然站了起来，没有把球丢还给石黑，回头看着那由多问："这是怎么回事？"他的声音中带着怒气，然后又转头看着投手丘问："石黑先生，你刚才投的不是弹指球吧？"

"是弹指球啊。"石黑回答，"你没看到吗？球根本没转啊。"

"球的确没转，但也没有变化。不，是你故意让球没有变化吧？你们到底想干吗？"

石黑一言不发，面不改色地注视着山东。

"我知道了！"山东大叫起来，"你们联合起来想要骗我！是不是这样？"

没有人回答，山东可能越想越气，骂了一声"妈的"，把球和手套丢在地上。

"山东，你不要激动。"三浦跑了过来。

山东似乎没有看到前辈，来到那由多他们面前。

"是你在搞鬼吗？"山东用布满血丝的眼睛看着那由多问，"什么催眠术，什么潜力，刚才我就觉得很可疑。你们是不是所有人都联合起来了？请石黑先生投没有变化的球，让我可以接到，然后让我产生错觉，以为自己接到了弹指球，搞不好之后就可以接到真正的弹指球。你们以为我是猪吗？只要被吹捧一下，就会爬树吗？不好意思，我头脑没这么简单。"他的怒吼声响彻室内练习场。

那由多绞尽脑汁，思考着该怎么回答。山东识破了诡计——彻底识破了。

"莫名其妙，在生什么气啊？"沉默中，圆华走到山东面前说，"你说得没错，催眠术是骗人的，是胡说八道，大家想要骗你。但是，你觉得大家为什么要这么做？难道大家想要嘲笑你吗？不好意思，大家可没这么闲。为什么要做这种事？当然是因为希望你可以成为像样的捕手啊。"

山东听到她的反击，露出一丝怯弱的表情，随即再度瞪着眼睛说："不要假好心，我不希望别人同情我。"

"谁同情你了？猪头。那我问你，刚才我接的是什么球？那也不是弹指球吗？是没有变化的、普通的慢速球吗？你刚才在后面看，应该看得出来吧？"

山东的眼神不安地飘忽起来。圆华说得没错，山东无法否认，她刚才接到的是如假包换的弹指球。

"那……那是不是也动了什么手脚？"

"动手脚？开什么玩笑！你应该最清楚，靠这种花招不可能接到石黑先生的弹指球！"圆华拿下手上的捕手手套，把左手伸到山东面前，"你自己看啊。"

山东脸色大变。那由多也看着她的手，忍不住倒吸了一口气。圆华的手肿了起来，而且变成了青紫色。

"为了演出这场闹剧，我必须能够接住弹指球，所以我练习了。为了能够成功接到弹指球，我练习了很久。虽然石黑先生中途叫我放弃，但是，我没有放弃，因为我想继续看到石黑先生充满艺术感的弹指球。他明明还可以投，我不希望他因为没有捕手而引退。因为我知道需要捕手，不管是谁都好。结果就留下了这片瘀青。同情？刚好相反，老实说，我超火大，因为如果你再争气点儿，我就不需要吃这些苦头了。连我这种小女生努力一下，就可以接到球，职业选手到底在干吗？"

圆华一口气说道。山东畏缩地后退了几步。他低头不语，似乎无言以对。

"算了，你就像败犬一样逃避啊。桐宫小姐，我们走！"圆华说完，快步走向出口。桐宫女士跟在她身后。

她们离开后，山东仍然一言不发。没有人说话，时间慢慢流逝。

不一会儿，石黑从投手丘走了过来。

"怎么办？"他问山东，"你要当败犬逃避吗？还是展现你的志气？如果是后者，我也会协助你。陪那个女生练习时投了多少球，我也可以为你投多少球。怎么样？"

原本站在那里一动也不动的山东缓缓看向石黑："你真的和她

一起练习？"

"难道你觉得她不用练习，就可以接到吗？你比任何人更清楚，如果不练习，根本不可能接到我的弹指球，她刚才不是也说了吗？"

"难以相信。"山东小声嘀咕。

"所以你才接不到。"三浦说，"因为你不相信只要练习，就可以接到球，所以才接不到啊。"

"我并不是不相信……"山东低吟道。

"你打算怎么办？"石黑再度问道，"你赶快决定。不好意思，我没太多时间。"

山东用窥视的眼神看着石黑："捕手是我……没关系吗？"

"除了你以外，没有其他人，我也很无奈啊。"

三浦捡起捕手手套走向山东："给你。"他把手套递给山东。

山东注视手套片刻，接了过来，迈开步伐，走到本垒后方，点了点头，似乎下定了决心，然后转向石黑。

"拜托了。"说完，他拍了一下手套，蹲了下来。

7

圆华听那由多说完，冷冷地回了一句："是噢，原来成功了，真是太好了。"然后用吸管喝着苹果汁。

他们正在之前和三浦见面时来过的饭店咖啡厅。那由多约了圆华见面，告诉她上次演的那出戏的后续情况。

"你怎么好像不太高兴？以后不是可以继续看到石黑先生的弹指球吗？多亏了你，你的策略成功了。"

圆华耸了耸肩。

"没有你说得这么厉害，虽然策略成功了，但如果按照我原本设计的剧本，现在就失败了。"

"这也不能怪你，毕竟你不是职棒选手。"

圆华叹了一口气说："现在我终于了解到，只有职棒选手才能理解职棒选手的心情。"

"你别想这么多，应该感到高兴，石黑先生和三浦先生也很感谢你，要我向你道谢，还说下次要邀请你去看比赛。当然是石黑先生先发的比赛。"

"既然这样，那我要挡球网后方的座位。"

"我会转告，话说回来——"那由多看着圆华还有几分稚气的脸，缓缓摇了摇头说，"你这次又让我大开眼界。"

"这句话我已经听腻了。"

"这是事实啊，有什么办法。尤其是你第一次接到石黑先生的弹指球时，我真是吓破了胆。"

那由多回想起一个星期前的事。那天和石黑在健身房见面，圆华对石黑说了奇怪的话。她说希望石黑对着她投弹指球，而且又继续说道："我会接住你的球。"

那由多听不懂她这句话的意思，以为是什么比喻。石黑似乎也一样，所以问她是什么意思。

"我是说，"圆华说道，"我会接到你的弹指球。"

"你是认真的吗？不是开玩笑也不是比喻？"那由多见石黑说不出话来，代替他问。

"当然是认真的，怎么可能开这种玩笑？"

那由多用力挥着手臂。

"就连职业捕手也很难接到，你怎么可能接得到？"

"那如果我可以接得到呢？"圆华狠狠地瞪着那由多。

"如果……这……"那由多一时词穷。

圆华转头看着石黑："如果我接到了，你愿意接受我的提议吗？"

"提议？"

"我有一个培育你的新专属捕手——三浦先生接班人的计划。"

石黑为难地看着那由多，然后看着圆华问："你有打棒球的经验吗？"

"我不需要这种经验，只要有判读乱流的能力就好。"

那由多听了圆华的话，忍不住大吃一惊。他想起了上次跳台滑雪比赛的事。他上次就隐约察觉到，这个女生具备超越常人的能力。

她也许有办法做到——那由多不由得这么想。

"石黑先生，可以让她试一下吗？"

"试一下？你是说让她当捕手吗？"

"对。我说不清楚，但她具备神奇的能力，也许真的可以接住你的球。"

"不是也许，是真的可以接到。"圆华对那由多说完后，看着石黑说，"拜托你了，这对你也有帮助。"

石黑一脸不知所措的表情嘀咕说："开玩笑吧……"他可能怀疑圆华在调侃他。

"我去安排练习场。"那由多站了起来。

大约一个小时后，石黑和那由多在没有其他人的夜间室内练习场，亲眼证实了圆华并没有说谎。

"你受伤可不要怪我。"石黑说完这句话，投了弹指球。圆华漂亮地接住了，而且她只戴了捕手手套而已，完全没有戴任何护具。

石黑说无法相信，又连续投了五球，圆华全都接到了。虽然其中一球是弹跳球，她也照样接到了。

"简直太惊讶了。"石黑一脸茫然地站在那里。

"我刚才不是说了，她有特殊的能力。"

"是超能力吗？我很想说，怎么可能有这么离谱的事？"石黑拿下手套，做出投降的动作，"看来不得不相信了。"

"你会遵守约定吧？"圆华问石黑时，脸上并没有露出得意的表情。

"你到底想干吗？你要我做什么？"

"不是什么困难的事，只是希望你演一场戏。"

"演戏？"

于是，圆华提出要用催眠术演一场戏。没有打过棒球的女生接受催眠后，可以接住石黑的弹指球。圆华的剧本是让山东看完这戏场之后，也接受催眠。当然并不是真的催眠，然后由石黑故意投没有变化的球，山东应该能够接到。因为球没有旋转，他误以为自己能够接到弹指球。只要他有这种自我暗示，问题就简单了。他认为自己已经没问题，对自己越来越有自信之后，也许就真的可以接到弹指球了。

那由多觉得这个主意很有趣。山东看到像圆华这么瘦小的女生都可以接连接到石黑的弹指球，也许会相信催眠术。

但是，石黑有不同的意见。他认为一旦投没有变化的弹指球，山东一定会发现。

"虽然他目前陷入'瓶颈'，但毕竟是职棒选手，不可能瞒过他。而且，我不喜欢求助于催眠术这种魔法的想法。能不能走出'瓶颈'，关键取决于他自己的实力。"

圆华认为自己想到了好主意，没想到会遭到否定，难得地露出了失望的表情，一脸不悦地闭口不语。石黑又继续对她说："但你这个构想很有趣，他看到像你这样乍看之下很普通的女生接到球，一定会受到很大冲击。这种惊讶也许会成为激励他振作的动力。"

然后，石黑提出了当山东发现催眠术是假的之后的方案，也就是让剧情急转直下，告诉山东，圆华不是因为催眠术，而是因为刻苦练习，才能接到弹指球。

"对职业选手来说，这会造成更大的打击。"石黑断言道，而且补充说，如果山东在这种情况下仍然无法振作，不如趁早离开职棒。

结果就发生了那一天的事。

"你逼真的演技令人叹为观止，"那由多对圆华说，"你左手上的瘀青也着实让我吓了一大跳。明知道是假的，但还是紧张了一下。"

"是不是能够以假乱真？"她在说话时，拿出了手机。似乎有人传电子邮件给她，她看了屏幕后，撇着嘴说："是桐宫小姐，如果不赶快回去，她又要啰唆了。"

"这次也给她添了麻烦，代我向她问好。"

"你不必放在心上，我相信她也玩得很开心。"圆华喝完果汁后站了起来，"那我先走了。"

"改天再见。"

"嗯，改天再见，拜拜！"

圆华挥了挥左手。那天化了特效妆的左手，如今没有任何异状。

·第三章——流水流向何方·

1

在七月初的某个酷暑的黄昏，那由多在路上发现了胁谷正树。他在西麻布的路口等红灯时，发现马路对面那个体格很壮、穿着短裤的男人是自己的高中同学。他们最后一次见面至今已经超过十年，虽然胁谷如今有点儿发胖，但精悍的表情还是和以前一样。

信号灯转绿后，那由多开始过马路。这里的斑马线很长，马路中间还有安全岛。当那由多走到安全岛时，胁谷刚好走到他面前。胁谷低着头走路，似乎并没有发现那由多。

"胁谷。"那由多叫了一声。他似乎吓了一跳，抬头停下脚步。

"好久不见。"那由多笑着对他说。

但是，对方没什么反应。虽然他看着那由多，但脸上露出困惑的表情，似乎努力在记忆中搜寻，叫自己名字的人到底是谁。

完了。那由多后悔不已。虽然自己看到胁谷感到很怀念，但对方未必和自己一样。

"对不起，"他挥了挥手道歉，"我认错人了。"

那由多走过胁谷身旁，准备离开安全岛，但前方信号灯的绿灯开始急速闪烁，他只能留在原地。

"工藤。"就在这时，背后传来叫声。

"啊？"那由多转过头，看到胁谷一脸灿烂的笑容。

用大杯碰杯后，胁谷喝了一大口生啤酒，重重地吐了一口气。

"真是太惊讶了，因为我完全没想到会在那里遇到你。而且你留着胡茬，理着光头，又晒得那么黑，我还以为是哪里的小混混呢。"

"我哪像小混混？幸好你马上就想起来了。"

"那当然啊，只不过十年没见，怎么可能忘了老朋友的长相。"

"老朋友……我们都是问题学生。"

"没错，没错。"胁谷意味深长地笑了笑，连续点了好几次头，"我们都被人讨厌，而且也都给周围人添了不少麻烦。"

"是啊，发生了很多事。"那由多看着啤酒杯中的白色泡沫，回想起遥远的过去，只是不想现在重提那些往事。那不是开心的话题，老同学难得重逢，他不希望气氛变得感伤。

他们正在麻布十番的一家居酒屋。因为两个人刚好都没事，于是决定来这里庆祝重逢。

"二十岁那次是我们最后一次见面吧？"胁谷问，"因为你说不想去参加成人式，我就邀你一起去喝酒。我也不想去参加，因为一定会遇到以前那些狐朋狗友，被他们缠上就麻烦了。"

"老实说，那时候我真的很高兴。因为我对未来感到迷惘，很希望找人聊一聊，所以你邀我简直是绝佳时机。"

"当时听了你说的那些事，我也超惊讶。"胁谷把毛豆放进嘴里，苦笑着说，"好不容易考进了医学系，你竟然说想要退学，我还以为你脑筋出了问题。"

"你还不是一样？不顾你爸妈要你去读大学，决定要当厨师。你在学校的成绩也不算差啊。"

"我的成绩只是不算差的程度而已，你很少来学校上课，只有考试的日子才会走进教室，结果竟然考满分，所以听到你考上医学系，我一点儿都不惊讶。正因为这样，才觉得你退学太可惜了。"

"每个人觉得可惜的事不一样。当初你也是觉得去上大学，就无法实现梦想，所以才没有读大学，不是吗？我也一样，我发现医学系并不是我的梦想。"

"原来是这样。现在我能够理解你的心情。"胁谷把啤酒喝完后，找来店员，又点了一杯，"工藤，你现在在做什么？我记得最后一次聊天时，你说你有其他想做的事。"

"没错！那就让你知道一下我目前的工作吧。"那由多从肩背包里拿出一张名片放在桌子上。

胁谷拿起名片，瞪大了眼睛："针灸师……针灸吗？"

"我在学医学后，对民间疗法产生了兴趣。而针灸深不可测的力量更加吸引我，刚好有人介绍了一位正在找接班人的针灸师。我再三恳求，终于成为他的徒弟。我也是在那时候退学的。"

"你爸妈竟然会同意。"

"他们怎么可能同意，都是我一个人决定的，所以现在他们和我断绝关系，已经好几年没联络了。"

"喂喂，这样好吗？"

"没什么好不好，这是我自己的人生路，只能自己开拓。我们以前不是经常聊这些吗？难道你忘了？"

"我没忘记，只是现实没这么容易，所以你真是太了不起了。"

新的啤酒送了上来，胁谷拿起酒杯喝了一口后，用手背擦了擦嘴边的白色泡沫。

"针灸师的工作怎么样？"

"很有趣，觉得很值得一做，而且也很开心。"那由多话中充满了自信，"虽然目前接手的客人几乎都是师父的客人，但认识很多人，对人生也很有帮助。"

那由多告诉胁谷，那些客人包括了职业运动选手和知名作家。

"是吗？这代表你选择的路没有错，那我就放心了。"

"那你呢？我记得成人式时，你还在读餐饮学校。"

胁谷点了点头。

"我在读餐饮学校的同时，也去朋友的餐厅学技术，但其实只是在那里打杂。这两三年才终于成为受到认可的职业厨师，目前在惠比寿一家意大利餐厅工作，但我的梦想是自己开一家餐厅。"

"原来你在意大利餐厅啊！"那由多仔细打量胁谷的脸后，将视线移到他的左手上。他刚才就发现了。"你什么时候结婚的？"

"这个吗？"胁谷害羞地微微举起左手，他的左手无名指上戴了一枚银色的戒指，"一年前，是在一家常去的酒吧认识的美发师，比我大四岁。"

"恭喜，那要庆祝一下。"

"别闹了，这不重要。而且，虽然一年前才登记，但我们已经同居了将近四年，完全没有新婚的感觉，也没有办婚礼。"

"是吗？现在办也还来得及，你要不要办一场？否则你太太很可怜。"

"不，现在没时间忙这种事。"胁谷突然露出严肃的表情。

"怎么了？"那由多也忍不住收起了笑容。

"嗯，是这样啦，"胁谷抓了抓脖颈后方，"家里好像会多一个人。"

"啊？"那由多叫了一声后，看着老同学的脸，"该不会是你太太怀孕了？"

"是啊。"胁谷扬起了下巴。

"原来是这样啊。搞什么嘛，你应该早说啊。"那由多伸出手，拍了拍胁谷的肩膀，"既然这样，那要再干一杯，恭喜你。"

"嗯，谢谢。"胁谷也拿起酒杯，接受了那由多的干杯提议。虽然他露出笑容，但感觉有点儿不自在。那由多猜想他是因为害羞。

"预产期是什么时候？"

"明年一月。"

"是噢，所以明年一月，你就要当爸爸了，感觉很奇怪啊。"

"我自己也没有真实感。"胁谷抓了抓眉毛旁。

"太好了，你太太一定很高兴。"

"嗯，是啊。"

"那就为这件事庆祝一下。如果你想要什么，尽管告诉我，不要客气，但太贵的我就买不起了。是噢，原来你的孩子快出生了。"那由多翻开桌上的菜单，"我们来用高级的酒干杯，香槟怎么样？"

"不，现在还不需要。对了，工藤，你有没有和石部老师保持联络？"

"石部老师？没有……"那由多有点儿困惑，虽然并没有忘了这个名字，但觉得现在听到这个名字还是有点儿唐突，"毕业之后就没见过，虽然曾经通了几次电子邮件。"

石部宪明老师是那由多和胁谷高中时的班导师。那由多长期拒学期间，他几乎每天都登门。他当时对那由多说，不去学校也没关系，但最好不要放弃读书。他的建议对那由多帮助很大，是少数几个可以称为恩师的老师之一。

"石部老师怎么了吗？"

"嗯，不瞒你说，毕业之后，我和老师的联络也很频繁。因为他对我的照顾超过你。上次去学校，想要向他报告结婚和生孩子的事，没想到他三个月前就留职停薪了。"

"留职停薪？为什么？"

"当时，学校的人并没有告诉我明确的原因。我在多方调查后，发现松下知道原因。你记得吗？我们班有一个同学叫松下七惠。"

那由多隐约记得有叫这个名字的女生，但完全想不起她的长相。

"对不起，我几乎很少见到同学。"

"反正有这样一个女生，目前在我们母校当国文老师。听松下说，老师的儿子去年发生了意外。"

"啊？"那由多瞪大了眼睛，"车祸吗？"

"是溺水。他们一家三口去露营时，老师的儿子不小心掉进附近的河里。"

"……死了吗？"

"没有，"胁谷摇了摇头，"好像捡回一命，但失去了意识，情况一直很严重。"

"这样啊……"

"听说石部老师要专心照顾儿子，所以决定留职停薪。听说之前他在学校时的样子就很奇怪，好像行尸走肉。真是太惊讶了，没想到石部老师竟然会变成这样，只能说太可怜了。我这一阵子一直惦记着这件事，觉得是不是该去看看他儿子……应该说，该去看看老师，问题是在不了解详情的情况下闯过去，会不会反而造成老师的困扰。"

那由多看到胁谷严肃的表情，终于了解他为什么即将当父亲，却高兴不起来的原因了。他得知恩师为儿子的事烦恼，无法发自内心地感到高兴。

"那个……对目前的状况一无所知吗？"

"对了，"胁谷偏着头，"听松下说，石部老师最近把儿子转去其他医院了，因为她也是从别人那里听说的，所以不知道消息是否属实。"

"其他医院？"

"听说是对这种病症很有研究的医院，是一所大学附属的医院。嗯，是哪里呢？"胁谷皱着眉头沉思后，用力拍着大腿说，"我想起来了，是开明大学。听说那所大学的附属医院有一位脑神经外科的权威医生。"

"开明大学……"

一片记忆碎片在那由多的脑海深处掉落。

2

约定的那家店位于车站大楼的二楼，那是一家挂着粉红色招牌的水果吧。隔着玻璃窗向内张望，在窗边的座位上看到一张熟悉的面孔，她低着头，应该正在滑手机。"她已经到了。"那由多对身旁的胁谷点了点头。

走进店内，那由多来到座位旁正准备开口时，对方抢先开了口："没想到你这么快就到了。"而且她继续低头看手机，似乎感受到那由多他们走过来的动静。

"你以为我会迟到吗？我之前和你约见面时，迟到过吗？"那由多站在那里问。

"我刚才看到你的车子开进去。"那个女生——羽原圆华指着窗外说道，她手指的方向是立体停车场的入口，"在你开进去的一分钟前，有三辆车连续开了进去——一辆小货车、一辆贴了新手驾驶标志的轿车，以及一辆面包车。那个停车场今天好像很拥挤，所以我以为你需要花一点儿时间找车位。尤其那个新手驾驶员应该会有点儿伤脑筋。因为还不熟练，停车可能要花很多时间。"

"今天那里的确有很多车，但刚好附近有空位，我很幸运。"

"是噢，难怪这么快。"圆华抬头看着那由多问，"最近还好吗？"

"马马虎虎。你好像也是老样子。"

"怎么个老样子法？"

"就是……还是老样子……很有你的风格啊。"

"你在说什么，语法不会有点儿奇怪吗？"圆华皱起眉头，一双让人联想到好胜的猫的眼睛令人印象深刻。不知道她的一头长发怎么绑的，盘在头顶上好像一个垒球。无袖衬衫下露出两条纤细的手臂，更衬托了她苗条的身材。

胁谷似乎对他们的对话感到有点儿不知所措，露出不安的眼神看着那由多。

"圆华，"那由多叫了一声，"我来介绍一下，他是我高中时的同学，名叫胁谷。胁谷，她是羽原圆华。"

"请多关照。"胁谷向她打招呼。圆华说："你好。"

那由多和胁谷在她对面坐了下来。

服务生走了过来，把一个巨大的水果圣代放在圆华面前，好几种水果几乎都快挤出来了。那由多和胁谷点了咖啡。

"不好意思，这次突然拜托你这么奇怪的事。"

那由多向圆华道歉。圆华正准备把哈密瓜送进嘴里，停下了手："我不觉得是什么奇怪的事。得知认识的人住进开明大学医院，既然有人脉，当然会想要通过人脉打听一下消息啊。"

"你这么说，我心情就轻松多了……"

"没想到你还记得我爸爸是开明大学医院的脑神经外科医生。"

"你第一次去找筒井老师时，不是自我介绍说是开明大学医学系羽原博士的女儿吗？因为我周围没有脑神经外科的医生，所以就记住了。"

他并没有说，因为自己读过医学系，所以觉得很熟悉。

那由多和胁谷见面的第二天，传了电子邮件给圆华。他在电子邮件中提到，听说有一个叫石部宪明的人的儿子住在开明大学医院接受治疗，可不可以请她协助确认这个消息是否属实。他当然没忘记在电子邮件中补充说，石部是他高中时代的恩师。

圆华立刻回复说，两个星期前，那名病患从其他医院转到开明大学医院。而且补充说，她爸爸好像是主治医生。

那由多立刻回复，他想了解详情，问她该怎么做比较好。圆华回复说，有些情况可以说，有些情况不能透露，直接见面聊最简单。于是，就约定今天在这里见面。

圆华默默地吃着圣代，突然停下手中的汤匙，轮流看着那由多和胁谷。

"以前很照顾你们吗？"

"什么？"那由多问。

"那个姓石部的老师啊。通常毕业超过十年，即使知道班导师的儿子发生意外住院，也不会这么担心。既然你们特地来这里，我猜想以前应该很照顾你们。"

那由多和胁谷互看了一眼后，对圆华露出了苦笑。

"你说得对，我们以前都是很严重的问题学生，如果没有石部老师，我们绝对会变成失败者，所以得知老师目前遇到了困难，当然不能袖手旁观。"

"是噢，失败者噢。"

圆华再度开始吃圣代，吃了一半左右，放下了汤匙。

"详细的说明我就省略不说了，我可以进入开明大学医院的资料库，也在某种程度上了解我爸爸的工作内容，所以或许能够满足你们的期待。但是，有一件事必须声明，身为医院相关人员，我等一下告诉你们的内容会违反规定，也侵犯了隐私，更违反了医生的守密义务。但我相信你们会保护隐私，况且我也不是医生，所以就破例告诉你们。不过，你们绝对不能告诉别人，你们可以保证吗？"

那由多和胁谷一起点头：“当然可以。”

圆华把双手放在腿上，直视着那由多和胁谷。

"病人名叫石部凑斗，十二岁，送到开明大学医院时的状态是无法自行移动，无法自行饮食，无法沟通，无法控制排泄，无法说出有意义的话语,但勉强可以自主呼吸。"圆华口若悬河地说，“永久性植物状态，也就是植物人，目前的情况也几乎没有改善。"

圆华说的内容和从松下七惠那里得到的消息一致。从医学的角度说明意识不清超过一年的情况，应该就是这样。

"到底发生了什么意外？"胁谷问。

"听说是溺水，造成心脏一度停止跳动。"圆华说，"但开明大学医院的资料库内并没有写明在哪里溺水，以及为什么会溺水的相关信息。这也很正常，因为这些事和治疗完全无关，我爸爸应该对这些事也没有兴趣。"

"所以你爸爸……羽原医生怎么说？"那由多问，"他不是这种病症的世界权威吗？有可能恢复吗？"

"不知道，我没问过我爸爸。即使我问了，他应该也不会回答我。除非有百分之百的把握，否则医生绝对不会说乐观的事。"

圆华的语气听起来很冷淡，但应该是事实。

"他的父母……老师和师母的情况怎么样？我也很关心这件事。"胁谷问圆华。

"听熟识的护理师说，好像算冷静。"圆华回答，"虽然是令人痛苦的状况，但意外发生至今已经一年多，应该已经接受了现实。但这只是病人母亲的情况，听说病人的父亲至今没露过脸。"

"石部老师吗？"胁谷提高了音量，"为什么？"

"不知道原因，护理师也觉得很纳闷。我爸爸也对这件事很有意见，因为他说差不多要谈重要的事了。"

"为什么呢？"胁谷问那由多。那由多也只能偏着头纳闷。

"你们打算怎么办？"圆华问，"如果你们等一下要去医院，我可以带你们去。我刚才确认了一下，病人的母亲每天都会去医院。"

"可以去探视吗？"那由多问。

"可以会面。虽然没有意识，但状态很稳定。"

那由多和胁谷互看了一眼。

"那就先去看看？"胁谷说，"我见过师母几次，也许可以了解一些详细的情况。"

那由多当然没有理由反对。

开明大学医院大楼崭新时尚，前往病房时，必须经过一道专用的门，探视病人的访客必须在柜台办理登记手续。如果病人和陪同者拒绝会面，就无法入内探视。

圆华代替他们办理了手续。正当他们等在那里为不知是否能够获得许可感到不安时，圆华很快就回到了他们身旁。

"把这个别在身上。"她递上访客证。

他们跟着圆华搭上电梯。

"几楼？"那由多问。

"八楼。"

那由多按了"8"，但灯没亮。

"这样不行。"

圆华把访客证放在按钮旁的黑色塑料板上，然后又按了"8"的按钮。这次灯立刻亮了。

"没有这个，就不能去八楼吗？"那由多看着访客证说，"真是戒备森严啊。"

"那是特别楼层，八楼的保卫特别严格。因为有时候会有贵宾入住。"

"那石部老师的儿子为什么会住在那里？他不可能是什么贵宾。"

"根据大脑的状态和我爸爸的治疗内容，有可能被认为是贵宾。"

那由多偏着头，看着圆华的脸问："什么意思？"

她欲言又止，随即移开视线，轻轻摇了摇手说："对不起，当我没说。"

圆华的回答很奇怪，那由多不知道该怎么响应，和胁谷互看了一眼，耸了耸肩。

电梯来到八楼。整个楼层静悄悄的，好像连空气都静止了。

宽敞的护理站内有几名护理师，圆华走过去和她们聊了几句，转头看着那由多和胁谷，指向走廊深处。

三个人沿着走廊走向深处，塑料地板擦得很亮。

"贵宾病房怎么样？三餐都吃大餐吗？"那由多小声地问。

"没这回事。"圆华回答得很干脆，说话时并没有降低音量，"吃普通的餐点，营养和成分都经过调配，不会特别好吃，也不会特别难吃。"

"你知道得真清楚，你住过院吗？"

圆华没有回答这个问题。

圆华在走廊深处一道拉门前停下脚步。门旁的牌子上写着"石部凑斗"。她小声说："好像是这里。"

胁谷敲了敲门，里面传来一个女人的声音："请进。"

胁谷打开拉门，说了声："打扰了。"走进病房。那由多也跟了进去，但圆华并没有走进病房。也许她觉得自己是个外人。

那由多最先看到在医疗病床上沉睡的少年。他上半身坐成四十五度，管子从鼻孔露了出来，脸有点儿浮肿，但看起来像是睡着了。

病床对面是沙发和茶几，一个绾着头发的女人从沙发上站了起来，对那由多他们露出淡淡的笑容："胁谷……你来了。"

"好久不见。"胁谷鞠了一躬。

那由多也鞠了一躬说："师母，我叫工藤，初次见面，和胁谷一样，石部老师以前也很照顾我。"

"哦，我听我丈夫提起过。"石部太太把视线移回胁谷身上，"我儿子的事，你是听谁说的？"

"呃，那个……听同学说的，她在那所高中当老师。"

石部太太听了胁谷的回答，露出恍然大悟的表情点了点头。她的表情有点儿冷漠，可能她并不希望别人知道这件事。

"这个……"胁谷递上拎着的纸袋。这是刚才在水果吧买的水果礼盒。

"你们不需要这么费心……"石部太太接过纸袋，放在茶几上。

即使你们送水果来，我儿子也不能吃——那由多觉得她似乎想这么说。

"先坐下吧，我来泡茶。"

"不，我们没关系。对不对？"

"当然。"那由多点了点头，"师母，请你坐下，你一定累了吧？"

"没有……没什么好累的，全都交给护理师，我能做的事很有限。"石部太太一脸落寞地看着儿子。病床上的少年闭着眼睛，维持刚才的姿势一动也不动。

通常探病时，会问"情况怎么样"，再补充一句"气色看起来好多了"，但那由多觉得在眼前的状况下，说这些话都显得不合适。

"呃，"一旁的胁谷开了口，"请问是什么意外？我们什么都不知道，告诉我那场意外的同学，好像也不清楚详细的情况……"

石部太太脸上的表情消失了。

"不是什么不可以告诉别人的事。就只是一对愚蠢的父母让儿子掉进河里，没办法救他——就只是这样而已。"

她显然不想谈那起意外。那由多觉得情有可原。因为一旦谈论，就必须回想当时的事，任何人都不愿回想那种想要忘记，却无法忘记的噩梦。

"但是，"她又接着说了下去，"看着儿子一脸平静的表情沉睡，就觉得这样似乎也不坏。他以前精力充沛的时候，真的完全没时间可以松懈。"

那由多听不懂师母的话，看着胁谷，但胁谷尴尬地低头不语。

"哎哟，"石部太太偏着头看向胁谷问，"你该不会没把我儿子的事告诉工藤？"

"对，详细情况……"胁谷结巴起来。

石部太太点了点头，露出一丝迟疑的表情后，转头看着那由多说："我儿子有重度发育障碍，会吵吵闹闹，也会把看到的所有东西放进嘴里，和他沟通也是一件很吃力的事。"

那由多第一次听说这件事，只能附和说："原来是这样啊。"他很纳闷，胁谷为什么事先没有告诉自己这件事。

"他经常半夜开始吵闹，结果我整晚都无法睡觉。他会大叫着去撞墙，每次都受重伤……现在可以这样静静地睡觉，所以变得安分多了。"

从石部太太的语气中，无法判断她这番话是出于真心，还是自虐的玩笑话。那由多不知道该说什么。

"对了，这里的主治医生提出了让我很伤脑筋的要求。"

"什么要求？"那由多问。那个医生应该就是羽原圆华的父亲。

她从放在沙发上的皮包里拿出了DVD。

"医生说，如果有记录儿子以前和家人一起生活的影片，或是录音带也可以，希望我带来。照顾有发育障碍的儿子整天像在打仗，没什么机会可以为他做这种事，幸好还是找到一些，所以就带来了，不知道可以派什么用场。"

这又是一个那由多他们无法回答的问题，所以他们只能默默摇头。

"请问石部老师……最近在做什么？听说他目前留职停薪了。"胁谷改变了话题。

石部太太不可能没听到问题，但她注视着儿子，没有回答。胁谷手足无措地看着那由多，似乎在问，是不是问了不该问的问题。

石部太太重重地吐了一口气："不清楚，不知道他在做什么……"

她的回答完全出乎那由多的意料。

胁谷应该也完全没想到，他又追问："你们没有联络吗？"

石部太太沉默片刻后，看着那由多和胁谷说："我可以联络到他，我会告诉他你们来医院探视。"说完，她拿起放在茶几上的手机，"已经这么晚了……不好意思，我要开始为儿子做护理工作了，还要为他擦拭身体。"

那由多想起她刚才说能做的事有限，现在又改口了，明显在赶人。

"好，那我们就先告辞了。对不起，在你们忙碌的时候来打扰。我们会祈祷他早日康复。"

胁谷一个劲儿地说着安慰的话，那由多默默地鞠了一躬。

3

去医院的三天后，那由多接到了胁谷的电话。他说得知了有关那场意外的消息。

"松下去调查了那件事。意外发生之后，石部老师曾经向学校交了一份报告。因为虽然是下班时间，但有老师同行，还发生让孩子溺水的意外，不知道家长会有什么意见。"

那由多听了胁谷的话，内心感到很不舒服。学校方面当然是为了预防家长有意见，但想象石部在儿子徘徊于生死边缘时，还必须写这种报告，不由得感到难过不已。

报告中提到，意外发生在去年六月十三日，地点位于S县黑马川露营场。石部凑斗是在一家人准备午餐时掉落河中。

"石部老师并没有看到儿子掉进河里的瞬间，听到他太太叫着儿子的名字，看向河里，发现儿子已经开始慢慢被河水冲走。"

凑斗在河边玩的时候，会让他穿上救生衣，但那时候并没有穿。石部慌忙跑回去拿救生衣，但回到河边时，凑斗已经被河水冲到很远了。石部和他太太沿着河边跑向下游的方向，同时打电话给一一九报案。河水的速度越来越快，最后他们看不到儿子的踪影。虽然他们不顾一切四处寻找，但范围太大，根本无法找到。

救助队很快就抵达现场，在附近搜索后，发现凑斗卡在河流支流的一块岩石上。那是比石部和他太太寻找的地点更上游的位置。

发现凑斗时，虽然心跳已经停止，但救助队员在人工呼吸和心脏按压后，他的心脏恢复了跳动，也开始呼吸，只不过意识并没有清醒，即使叫他，也没有任何反应。

"这就是那场意外的大致情况。"胁谷说，"松下说，虽然报告上写了意外原因的分析，以及石部老师的反省，但都是形式上的内容，没必要多说。"

那由多也这样认为，所以说："是啊。"

"但是，松下还说了另一件令人担心的事。石部老师在留职停薪之前，每个月的十三日就会请假，然后去意外发生的现场。"

"啊？"那由多叫了一声，"为什么？"

"不知道。如果他儿子死了，可能是去祭拜，但他儿子并没有死啊。所以，我打算明天去看看。"

"明天？去哪里？"

"就是那里啊，"胁谷说，"意外发生的现场，黑马川露营场。明天不是十三日吗？"

"啊！"那由多叫了一声。他忘了这件事。

"所以我在想，你要不要一起去。如果你有事，那我就自己去。"

明天没有出差的工作，只是在针灸院等病患上门。只要拜托师父，应该可以请假。

"好，那我一起去。"那由多毫不犹豫地回答。

4

从东京走高速公路，只要一个多小时就可以到黑马川露营场。露营场所在的位置海拔并不高，但地形高低起伏，周围还有美丽的溪谷。

在停车场停好车，走去露营场。因为是非假日，所以没什么人。

搭帐篷的露营区设在后方是一片地势较高树林的区域，树木可以遮阳，旁边的黑马川即使水位上涨，只要走进树林就很安全。

目前是正午前。因为听说意外发生在石部一家准备午餐的时候，所以他们猜想如果石部会来这里，应该会选择意外发生的时间段。

"不知道老师会去哪里，"胁谷双手叉腰，巡视着露营场说道，"是凑斗最初掉落的地方，还是发现他的地方。"

"应该都会去，如果要回顾意外当时，一定会这么做。"

胁谷听了那由多的回答，点了点头："有道理。"

"有一件事我想问你，你知道石部老师的儿子有发育障碍吧？为什么没有告诉我？"

"你问我为什么，我也……"胁谷微微偏着头，"没有特别的理由。硬要说的话，就是觉得没必要特地提这种事。而且老师之前也拜托我，因为他不希望造成别人不必要的担心，所以叫我最好不要向别人提起他儿子生病的事。"

"原来是这样啊……"

那由多觉得以石部的性格，很有可能会这么做。

"在老师的儿子发生意外之前，你见过他吗？"

"只见过一次。那次因为我换了一家店，所以去老师家里向他报告。那时候，凑斗只有五六岁。"

"他是怎样的孩子？"

"嗯，"胁谷低吟了一声，"老实说，我觉得是一个很棘手的孩子。

我带了蛋糕去看老师，他不吃也就罢了，还把蛋糕当成黏土一样捏来捏去。师母叫他不要玩，他就大发雷霆，把蛋糕丢在墙壁上。"

那由多觉得光听胁谷这么说，自己就头痛了。

"那还真是辛苦啊。"

"真的超辛苦。师母说，目前的状态比较轻松，我觉得搞不好是她的真心话。总之，要把这种有障碍的孩子养大——"胁谷看着那由多说到这里，没有继续说下去。他的视线看向那由多的后方，小声地说："是石部老师。"

那由多转过头，看到一个戴着帽子、身穿格子衬衫的男人缓缓走了过来。

虽然石部比以前瘦了许多，但的确是他。胁谷跑向老师，那由多也跟着跑过去。

低头走路的石部察觉到动静，抬起头。他停下脚步，露出惊讶的表情。

"胁谷……你怎么会在这里？"石部说完后，又转头看着那由多，似乎认不出他是谁。

"老师，好久不见，我是工藤。"

石部的嘴巴动了动，好像在无声地重复"工藤"这个名字，但立刻露出恍然大悟的表情。

"哦，原来是那个工藤。"石部用力点了点头，打量着那由多的脸和身体，"你还好吗？"

"马马虎虎。"

"是吗？那就太好了。"石部稍微放松了脸上的表情，又讶异地问胁谷，"这是怎么回事？你们在这里干什么？"

"干什么……当然是来找老师啊。"

"找我？"石部不停地眨着眼睛。

"是吗？原来你们还特地去了医院，真是不好意思。"石部听了那由多他们说明情况后，露出温和的笑容。

"我完全不知道发生了那场意外。"胁谷说。

"是啊。"石部垂下视线，"不知道是不是因为救回了一命，所以新闻并没有报道。"

三个人在河边的岩石上坐了下来。河水的流速很缓慢，所以并不会听不到彼此说话的声音。

"老师，听说你从来没有去过医院，这是真的吗？"胁谷问。

石部露出心虚的表情，轻轻点了点头："对，是真的。"

"为什么？"

石部发出了痛苦的低吟："因为她叫我不必去医院。"

"师母……吗？"

"对，她说我工作应该很忙。"

"但是，"胁谷停顿了一下继续说道，"老师，我听说你留职停薪……"

"原来你知道啊。"石部皱起鼻子，"因为发生了很多事，我自己还没有找到答案。不瞒你们说，我和我老婆正在分居，我也没脸见凑斗。在这种状态下，即使站在讲台上，我也无法好好上课，所以就决定先请假一段日子。"

"找什么答案？"胁谷问。

"就是……当时的判断是不是正确。"

胁谷似乎没听懂这句话的意思，一脸困惑的表情看着那由多，但那由多也只能偏着头纳闷。

"不好意思，你们应该听不懂我在说什么吧。既然你们特地来这里，那我就把实情告诉你们吧。"石部说完，站了起来，"你们跟我来。"

那由多和胁谷也站了起来。石部走过大大小小的岩石，沿着河边往前走。他们跟在石部身后。

石部在一块平坦的大岩石上停下了脚步。

"我儿子就是在这一带落水的。"

那由多低头看着河面，河面大约十米宽，水流的速度并不快，看起来也并不是很深。

"听我老婆说，凑斗想要抓鱼。他向来很喜欢虫子、蜥蜴这种小动物，只要看到这些东西，心情就特别好。我们也是因为这个，才会带他来这里。我清楚地记得他看到鱼的时候乐不可支的样子。"

"他怎么抓鱼？"那由多问。

"应该是用帽子。"石部指了指自己的头，"那一天，凑斗戴着棒球帽，我看到他用帽子追虫子，可能他觉得可以用相同的方法抓鱼。应该是蹲在岩石角落，向水面伸手捞鱼时，脚下一滑，就不小心掉进河里了。虽然特地带了救生衣，没想到那时候偏偏没穿在身上，这是最大的失策。"

石部面对河面，重重地叹了一口气。

"听到我老婆的叫声，我转过头看这里时，凑斗已经被冲走五米。他惊慌失措，用力挥着双手。虽然只要身体躺成'大'字，就可以浮在水面上，但他当然不可能知道这件事。"

"听说报告上写着，你回帐篷拿救生衣？"

胁谷问，但石部并没有点头。他一脸沉痛的表情注视着河面，终于开口说："不，其实不是这么一回事。当时根本无暇回去拿救生衣，我只顾着拉住我老婆。"

"拉住师母？"胁谷皱着眉头问。

"我老婆想跳进河里去救凑斗。"

"啊！"那由多叫了一声。

"那天也和今天一样，水流的速度并不快，所以她可能觉得只要马上跳下去救儿子，就可以追上。她在学生时代是游泳选手，也曾经在游泳池当救生员，当然对自己的游泳技术很有自信。"

"但这未免太鲁莽了。"那由多说，"经常发生父母为了救溺水的孩子，结果也一起送命的情况。千万不能随便跳进水里救人，这是发生溺水意外时的原则。"

"我当然知道，所以我制止了她。她想要跳进河里时，我从背后架住了她。"石部重重地叹了一口气，"结果凑斗就被河水越冲越远，我们沿着河边去追他。之所以会在报告中谎称回帐篷拿救生衣，是为了调整这段时间。"

"原来是这样……"

"之后的情况就和报告中写的一样，我和我老婆拼命地寻找凑斗，却迟迟找不到他。当救助队发现他时，已经没救了……"

石部蹲了下来，单腿跪在岩石上。

"我们在找凑斗时，我老婆质问我，为什么不让她去救凑斗？如果马上去追，一定来得及。因为起初水流的速度并不快，而且地形也没有很复杂，以她的游泳技术，一定可以追上。"

"或许可以追上，但不知道能不能一起回到岸边。"

那由多反驳说。胁谷也表示同意。

"就是啊，水流的速度不是越来越快吗？那就和游泳技术没有关系，师母会和你们的儿子一起被冲走。"

"我老婆说，这样也没关系。如果一起被冲走，可以抓住树枝，或是抱住岩石，两个人可能一起获救。如果无法获救，两个人就一起溺水身亡——"石部一口气说到这里，缓缓摇着头，又继续说了下去，"她说这样也没关系，即使为了救儿子送了命，她也无所谓。因为对她来说，凑斗就是一切，如果凑斗有什么三长两短，一切都完了。我骂她，不要说傻话。她说我什么都不了解，说我从来没有好好面对儿子的障碍，所有麻烦事都推给她，所以无法了解她的心情。我无言以对，因为我的确以工作忙为借口，把孩子的事都推给她，她以前从来没有抱怨这件事，但那次我才知道，原来她内心对我极度不满。"

石部说的内容完全出乎意料。那由多想不到该说什么。胁谷也默不作声。

"凑斗被救护车送去医院后，我回来这里拿东西。当时，我也像这样低头看着河水，然后渐渐感到不安，不知道自己当时的判断到底对不对。我当然知道孩子溺水时，跳进河里去救人很鲁莽，但又觉得任何事都要视时机和场合。当时我也许应该让我老婆去救儿子，不，不光是这样，我也应该一起跳进水里，一起去追凑斗。我当时没有这么做，我是不是不够爱凑斗？我越来越觉得是这样。"

"但是，我还是觉得……"胁谷说到这里，无力地住了嘴。也许他觉得现在不是说一些不痛不痒的安慰话和鼓励话的场合，更何况对象是以前的恩师。

石部站了起来，再度打量着河面。

"所以，我至今仍然没有找到答案。我来这里，是希望能够找到答案。每次都来这里，回想那天的事，但始终找不到出口。"说完，他无力地笑了笑，"我没资格当老师。"

5

胁谷的新居位于三鹰车站附近。那由多原本只是送他回家，但他邀那由多去家里坐一坐，于是决定上去喝杯茶。

他和太太住在六层楼公寓的四楼，两室一厅的房间并不算大，但在小孩子长大之前，应该足够了。

胁谷的太太圆脸，剪了一头好看的短发。因为个子娇小，所以看起来比实际年龄年轻。她名叫仁美，笑着迎接那由多。

"所以，你们见到老师了吗？"仁美把冰麦茶倒进杯子时问。

"嗯，是啊，见是见到了。"

胁谷吞吞吐吐，小声地开始把和石部之间的对话告诉仁美。仁美听了之后，也不禁愁容满面。

"这……真让人难过。"

"嗯，真的很难过，不知道该对老师说什么才好。对不对？"

胁谷征求那由多的同意，那由多默默点头。

"既然老师说这些话，正树，你就没办法和老师商量了吧？"

"啊？"胁谷听了，露出困惑的表情问，"商量什么？"

"你不要装糊涂。"仁美露出亲切的微笑，"你是不是想和老师商量宝宝的事，所以才会费这么大的力气，无论如何都要联络到老师？我都知道。"

胁谷尴尬地紧闭双唇，一脸不悦地拿起杯子喝麦茶，显然有点儿手足无措。

"请问……宝宝的事是怎么回事？"那由多战战兢兢地问。

"正树，你没告诉工藤那件事吗？"

"嗯。"胁谷板着脸回答。

"这不好吧。工藤不是帮了你很多忙吗？"仁美瞪着比她年纪小的丈夫。

"请问是怎么回事？我完全不了解状况。"那由多插嘴说。

仁美转过头看着那由多说："我之前去做产检时，医生说，肚子里的孩子可能有唐氏综合征。"

那由多倒吸了一口气，看着胁谷。胁谷可能有点儿尴尬，所以并没有看那由多。

"然后呢？"

"我们正在犹豫，不知道该不该进一步做详细的检查。只要做检查，就可以更加明确。"

"既然这样……"

"那就应该赶快去做检查——你也这样认为吗？"

那由多点了点头："这有什么问题吗？"

仁美坐直了身体，深呼吸之后开了口："如果做检查，那就意味着一旦发现真的有唐氏综合征，就要拿掉孩子吗？"

"啊！"那由多忍不住叫了一声。

"我刚才说我们在犹豫，其实我已经决定了，我根本不想拿掉孩子。无论生下怎样的孩子，都是上天赐给我们的生命，我打算好好爱他。也就是说，即使宝宝真的有唐氏综合征也没关系，所以没必要做检查。但是，正树好像不这么认为，他还在犹豫——我没说错吧？"

"也不是在犹豫……"胁谷搓着双手，"只是我会忍不住思考，如果生下的孩子先天有障碍，你会很辛苦，我们的生活也会有很大改变。最重要的是，孩子也会很痛苦。"

仁美很受不了地笑了笑："这就是在犹豫啊。"

胁谷无言以对，抓了抓头。

"原来是这样，"那由多恍然大悟，"难怪你想找石部老师商量，因为老师的儿子也有障碍……"

"是啊。"胁谷小声回答。

那由多完全了解仁美刚才说的意思，既然她有这种打算，石部说的那些话对胁谷可能是双重、三重的打击，就连他尊敬的恩师也在面对相同的问题时碰了壁。

"虽然我对他说，他不需要担心。"仁美说，"我不会给他添麻烦，无论生下怎样的孩子，我都会一个人照顾好。"

"事情哪有这么简单？"

"我没说很简单，我已经做好了心理准备，到时候会很辛苦。"

"万一比你想的更辛苦怎么办？"

"那就只能到时候再想办法了。"仁美镇定自若地说。

胁谷叹了一口气，抱着双臂，紧皱的眉头显示了他内心的痛苦。

那由多离开胁谷家后，回到车上，拿起手机一看，圆华传来了电子邮件，说希望那由多马上和她联络，于是，那由多立刻打了电话。

"到底是什么状况？"电话一接通，圆华就不悦地问。

"你说哪一件事？"

"石部先生的事啊，我为你们张罗了那么多事，结果完全不告诉我后续状况，这是怎么一回事？你们之后什么都没做吗？"

"没这回事。不瞒你说，今天和老师见了面。"

那由多告诉圆华，他和胁谷得知石部每个月十三日都会去黑马川露营场，所以就一起去了。

"那起意外背后有复杂的状况，在电话中说不清楚。"

"既然这样，那就见面聊啊。你现在人在哪里？"

"现在见面？太突然了。"

"我也有事要告诉你，关于石部凑斗治疗的事。还是有什么非要等到明天的理由？"

那由多还没吃晚餐，于是决定约圆华在他常去的一家定食餐厅见面。他正在吃味噌鲭鱼套餐时，听到"嘎啦嘎啦"打开拉门的声音，圆华走了进来。

"看起来真好吃。"她在对面坐下后，看着盘子里的菜说。

"你要不要吃点儿什么？我请客。"

"不用了，我已经吃过晚餐了。"

圆华叫住了刚好经过的店员，点了柳橙汁。

"我爸爸很伤脑筋，因为关于凑斗的治疗方案，有很重要的事要和家属讨论，但他父亲一直都不来医院。"

那由多停下筷子，喝了一口茶："师母不是在医院吗？"

"如果父母都健在，就必须同时告知双方。我爸爸想要动的手术就是这么敏感。"

那由多探出身体问："他要动手术吗？"

"要由他的父母决定要不要动手术。"

"怎样的手术？"

圆华露出冷漠的眼神："说了你应该也听不懂。"

"那你就用我听得懂的方式说啊。"

圆华皱着眉头，噘起嘴的时候，柳橙汁送了上来。她用吸管吸了一口，轻咳了一下说："简单地说，就是为了避免进一步恶化，把基因改造后的癌细胞植入大脑的损伤部分，同时，还要植入刺激这些细胞的极小电极和脉冲产生器，还有电池。只有我爸爸会做这个手术，称为'羽原手法'。"

"我听不太懂，但感觉很厉害，之前有成功的病例吗？"

"有好几个，但目前还未核准对某个特定部位动手术，那是称为'拉普拉斯核'的部分。幸好凑斗损伤的部分离得很远，所以没有问题。"

"在那个叫拉普拉斯什么的部位动手术很危险吗？"

"不是说危险……总之，最好不要在那里动手术，因为有更多怪物也很麻烦。"

"怪物？"那由多放下筷子，摊开双手，"不好意思，你在说什么？我完全听不懂。"

"听不懂也没关系，重要的是，我爸爸是天才，因为是天才，所以或许可以救凑斗。"

"从那样的状态让他恢复意识吗？"

"我不是说或许可以吗？目前无法保证任何事，但在全世界，只有我爸爸有可能救他。只不过我刚才也说了，这是非常特殊的手术，必须父母双方同意，才能动这个手术。如果稍不留神，可能比目前的状况更糟糕，所以，只要他的父亲或是母亲有一方拒绝，就无法动手术。"

"师母已经同意了吗？"

"必须在父母双方都到场的情况下，才会说明羽原手法，无法先告诉某一方。"

听起来确实是相当特殊的手术。

圆华看着味噌煮鲭鱼说："你要不要赶快吃？都冷掉了。"

"我等一下慢慢吃。既然这样，那就要告诉石部老师，赶快去医院听羽原博士说明。今天听老师说话的语气，他完全没有想到他儿子有可能恢复。"

"因为无法轻易提议羽原手法，我爸爸也是直到最近，才开始考虑试试看，但那个叫石部老师的人去露营场干吗？该不会至今仍然放不下，为那起意外感到追悔莫及？"圆华语带不屑地说。

"你这么说太过分了，你要站在当事人的立场上想一想。"那由多嘟起了嘴。

"既然你袒护他，看来我说对了。"

"他并非只是懊恼，而是努力寻找答案，事情比你想的更严重和复杂。"

那由多尽可能正确地把石部说的话告诉了圆华，就像刚才胁谷告诉仁美一样，因为他觉得如果不详细说明，就无法传达言语中微妙的感觉。

没想到，圆华听完之后的反应和仁美完全不同。

"什么啊？我完全搞不懂。"她不悦地皱起眉头，"如果觉得自己之前没有好好面对儿子的障碍，只要充分反省就好了啊，和该不该一起跳进河里根本没有关系。这是物理学的问题，怎么可以混为一谈？"

"为什么是物理学的问题？这是心情的问题，不是心理学吗？老师一直在为这件事烦恼。"

"所以我说很莫名其妙啊，搞什么啊！这根本就是浪费时间，为这种事烦恼也是浪费脑细胞。"

那由多打量着圆华的脸说："你说话竟然这么刻薄。"

"石部老师和他太太应该为更重要的事烦恼，否则就伤脑筋了。好吧，那由我来向他说明，为什么是物理学的问题。"圆华从皮包里拿出手机问，"什么时候去？"

"去？去哪里？"

圆华听了那由多的问题，皱起眉头说："根据我们刚才谈话的内容思考，只有一个地方啊。是叫黑马川吗？就在那个露营场集合。"

6

走出家门时，天空还是灰色的，如今，云在不知不觉中全都消失了，艳阳照在高速公路的柏油路上。清晨还下过雨，但此刻完全看不到任何被雨淋湿的痕迹。

"我没想到又要去那个露营场。"胁谷坐在副驾驶座上说，"那个叫圆华的女生到底想做什么？"

"我也不知道，但根据以往的经验，她一定会做一些出人意料的事。"那由多握着方向盘回答。

在定食餐厅见面的第二天，那由多接到了圆华的电话。她指定了日期和时间，要求那由多约石部在露营场见面。

"以往的经验？"胁谷问。

"发生过很多事，即使我告诉你，你应该也不会相信。总之，她具备了神奇的力量，我猜想她又会用她的力量让我们大吃一惊。"

"神奇的力量？什么意思？"

"我说了你应该也听不懂，百闻不如一见。"

来到露营场后，那由多把车子停在停车场。旁边停了一辆越野车，一个身穿登山服的彪形大汉站在车旁，年纪四十多岁，粗壮的脖子似乎在显示他的身强力壮。他用锐利的眼神巡视四周的样子就像保镖。

那由多他们下车后，越野车的后车门打开了，圆华从车上下来："早安，其实已经中午了。"

"你坐这辆车来这里吗？"那由多看着越野车问。

"嗯，因为我带了行李。"

穿登山服的男人瞥了那由多他们一眼后，移开了视线。

"你们不必在意他，"圆华说，"他叫武尾。我出远门时，他都会跟着。"

"武尾……之前没见过他。"

"是啊，之前还没有。"

那由多看向越野车的驾驶座，发现一个女人坐在车上。他见过那张端正秀丽的脸，是负责监视圆华的桐宫女士。她也向那由多微微点了点头，但脸上没有表情。

"可以带我去意外现场吗？"圆华问。

"好啊，走这里。"

"等一下，要带行李。不好意思，可以请你们帮忙吗？"

"什么行李？"

"你等一下看了就知道了。"

圆华向身穿登山服的武尾使了一个眼色，他打开了巨大越野车的后车门。里面放了三个后背包，三个后背包的大小不同，最大的差不多有行李箱那么大。武尾把最大的扛在肩上。

剩下两个后背包，那由多和胁谷各背了一个。后背包很重，应该将近二十千克。

"里面到底装了什么？"那由多问圆华。

"我不是说了，等一下告诉你们吗？走吧。"

那由多一行人出发了，只有桐宫女士留在原地。后背包的带子深深勒住肩膀，那由多很庆幸意外现场就在附近。

他们很快来到现场，但不见石部的身影，因为原本就约他三十分钟之后才到。圆华说，在他到现场之前，要先确认一下。

那由多他们把沉重的行李放在河边平坦的岩石上。

"是从这里落水的吗？"圆华低头看着河面问。

"对，听说是想要抓鱼，不小心滑倒，掉进河里。"

圆华听了那由多的说明后点了点头，巡视河面和周围。观察了一阵子，她了然于心地点了点头。

"你们等在这里，"她对那由多他们说完后，看着武尾说，"你跟我来。"

"你要去哪里？"那由多问。

"我去寻找答案，你们在这里看好行李。"

圆华迈着轻快的步伐沿着河边走向下游的方向，彪形大汉武尾跟在她身后。

"那个女孩是怎么回事？"胁谷问，"她在干吗？"

"她每次都这样，不会解释自己的目的，但并不是故弄玄虚。我猜想她只是怕麻烦而已。我们就乖乖在这里等她。"

圆华和武尾离开十几分钟后，突然听到叫声："工藤。"朝声音的方向看去，发现石部正走向他们。

"老师，不好意思，还麻烦你特地跑一趟。"

"老实说，我完全搞不清楚是怎么一回事，因为你只说要我来露营场，说有东西要让我看。"石部一脸无奈地说。

"因为我只能这么说。"

"你在电话中说，是羽原医生的女儿要求的？"

"没错，她去下游查看了。"

"下游？"石部诧异地皱起眉头，"为什么？"

"这……"

那由多结巴起来，因为他不知道该怎么回答。这时，刚好看到圆华沿着河边走上来。武尾就像忠实的仆人一样跟在她身后。

"就是她。"那由多告诉石部。

圆华走到那由多他们面前，抬头看着石部说："你是石部先生吧？"

"是啊……"

"你好，我是羽原全太朗的女儿，我爸爸要我转告你，关于你儿子的状况，有重要的事要和你谈，请你赶快去医院。"

"儿子的事，都交给我太太处理……"石部痛苦地说。

那由多看到圆华的脸上掠过一丝可怕的表情。

"你在说什么啊？"她语气尖锐地说，"你傻了吗？"

石部惊讶地瞪大了眼睛，圆华瞪着他。

"目前关系到你儿子能不能复活，你这个父亲怎么可以逃避呢？重大的决定都推给你太太一个人吗？到底有多不负责任？！"

"喂，你说话怎么这么没礼貌。"胁谷插嘴说，"你根本不了解老师的烦恼，别说这种侮辱的话。老师对当时的判断是不是正确，至今仍然没有找到答案。在找到答案之前，老师认为自己没有资格表达意见。"

圆华一双凤眼瞪着胁谷。

"这就是傻啊。当初在河边追着儿子之后，和太太一起跳进河里会有怎样的结果？这种问题即使一直看着河面，也不可能找到答案。如果想知道答案，试了才知道。"

"试？怎么试？"那由多问。

圆华向武尾使了一个眼色，武尾打开放在岩石上的三个背包，把里面的东西拿了出来。那由多一看，忍不住大吃一惊。

那是假人的身体、手脚和头部，而且有两组。武尾动作利落地组装起来。一个是小孩子的身体，另一个是模仿成年女人，而且还都穿上了衣服。

"这是向开明大学人体工学研究室借来的假人。"圆华巡视所有人说，"这是在车辆的撞击实验中使用的假人，比重和真人几乎相同，骨骼的硬度、活动的方向也都和人体一样。虽然有各种不同体形的假人，但这次借了与石部凑斗和他母亲体形相似的假人。"

"你要用这个干吗？"那由多问。

"那还用问吗？"圆华对武尾说，"开始吧。"

武尾举起小孩子的假人，毫不犹豫地丢进河里。那由多忍不住"啊"了一声。

"再一个。"

武尾听了圆华的指示，又把大人的假人也丢了下去。大、小两个假人顺着水流缓缓移动。

圆华走到一脸茫然的石部身旁。

"你知道找到你儿子的地点吧？"

"对，我去过好几次。"

"可以请你带我们去吗？因为要把假人捡回来。"

石部露出困惑的表情点了点头说："跟我来。"

石部迈开步伐，所有人都跟在他身后。沿着主流走了一段路，石部在中途走向岔路。因为河流从这里分出一条支流。

支流的河面约数米宽，但水流的速度很快，溅起的水声也很大。

石部停下脚步。那里有好几块大岩石，其中一个假人卡在两块岩石中间。是小孩子的假人。

"和那时候一样。"石部说，"凑斗也这样卡在这里。"

"但是，那个大人的假人不在这里。"胁谷说。

那由多也左顾右盼，的确没看到那个大人的假人。

"接下来由我带路，"圆华说，"跟我来。"

她沿着刚才的路往回走，似乎要回到主流。

当来到分岔点时，她沿着主流走向下游。她的脚步坚定，没有丝毫迟疑。

不一会儿，圆华停下脚步。旁边有一个小型瀑布。她默默指着瀑布的下方。

有什么白色的东西浮在瀑布下方。仔细一看，是假人的手臂，不远处还有身体。虽然头部连着身体，但已经明显破损。

"如果你太太跳进河里去追你儿子，就会变成这样，即使你去追也一样。"圆华对石部说，"当身体的大小和体重不同时，受到水流的影响也不一样。被水流冲走时，和游泳能力几乎没有关系。你儿子会卡在刚才的地方，你太太应该会死在这里。母子俩既无法一起被冲走，也无法死在一起。"

石部一脸惊愕地站在那里，一句话也说不出来。

"现在你知道了吧？可以了吗？所以想了也没用的问题就到此结束，请你关注更有实质意义的事，请把目光放在你儿子的未来上。"

"儿子的……未来。"石部空洞的双眼看着圆华。

"有东西要让你看。"

7

所有人都回到停车场后，圆华从越野车上拿下一台笔记本电脑，利落地操作起来，然后把屏幕转向石部。

那由多在石部身后探头张望，屏幕上出现的是石部凑斗的身影，头上戴着像是头罩的东西，然后有好几条线。

屏幕上画面改变，变成了生理监视器的屏幕，应该是显示波形的仪器，但生理监视器屏幕上出现的是没有变化的直线。

"这里显示的是大脑中名为伏隔核的部位活动的情况。"圆华开始向石部说明，"伏隔核具有促进多巴胺的功能，可以让人产生积极的心态。你也看到了，凑斗的伏隔核几乎没有活动。因为他失去了意识，当然不可能有活动。"

"所以呢？"石部问，"你只是要我再度确认凑斗目前是植物人吗？"

圆华一言不发地操作笔记本电脑键盘，再度出现了凑斗的身影。有一双手为他戴上了耳机。

接着，屏幕上的画面再度变为生理监视器的屏幕，但上面出现的波形和刚才的有明显不同，虽然很平坦，但不时有起伏。

"在活动……"石部小声地说。

"没错，虽然幅度很小，但可以发现，的确有活动。其实，那是用外界的刺激来刺激凑斗，他的大脑对这个刺激有反应。"

"刚才的耳机就是你说的刺激吗？"那由多问。

圆华点了点头，继续敲着键盘。

笔记本电脑的喇叭突然传来了笑声。有人在说话。

"喂，你在干吗？球就在那里！"

"凑斗，就在那里，那里啊，用球丢爸爸。"

"哇，等一下，不要在这么近的地方丢我。"

"啊哈哈哈，哈哈哈。"

说话的是石部和他太太，笑声是凑斗发出的。他们似乎在公园或是什么地方玩传接球。

"凑斗的大脑对这个声音产生了反应。"圆华说，"遗憾的是，他目前应该没有意识，即使让他听其他声音，也没有这么大的反应，所以足以证明这并不是反射。为什么这个声音这么特别？我想不需要我说明了。因为对他来说，声音的主人很特别。即使失去了意识，大脑仍然记得这两个人的声音，而且想念你们的声音。石部先生，凑斗的大脑还活着，不仅活着，而且想要听到你的声音。所以请你去见他，和你太太一起在他身旁，说很多很多话。拜托你了。"

石部好像冻结般一动也不动，但内心显然百感交集。他红了双眼。

"凑斗想念我的声音……即使我从来没有好好照顾他……"

"没这回事，你不是带他去露营吗？不是还和他玩传接球吗？这样就足够了，凑斗能接收到你的爱，请你继续爱他。目前住在医院的不是假人，也不是机器人，而是活生生的人。只要活着，就充满各种可能。金钱无法买到生命，现在的凑斗仍然是宝贵的生命。"

圆华的声音在美丽的溪谷回响。石部微微点头，用左手擦了擦眼睛下方，小声地说了一句："谢谢。"

三天后，那由多连续收到两个人传来的电子邮件。其中一封来自石部，他说决定让凑斗接受羽原全太朗的手术。

那由多回复说，祈祷手术顺利。

另一封电子邮件来自胁谷。他在电子邮件中提到，听说有针对孕妇的针灸，问那由多愿不愿意为他太太针灸。

那由多回复说，欢迎随时吩咐，再次恭喜你们。

·第四章——无论迷失在哪条路上·

1

在干线道路左转后，就是一条弯曲的陡坡。陡坡顶端是一片透天厝的住宅区，那由多把车子停在住宅区角落的投币式停车位，拎着行李，迈开步伐。他要去的那户人家走路不用三分钟就到了。

不一会儿，就看到了那栋房子。屋前有一道矮门，矮门后边是阶梯。阶梯旁装了栏杆，阶梯的尽头是玄关。

"朝比奈"。那由多站在挂了这个门牌的门前，按了对讲机的按钮。

"请问是哪一位？"对讲机内很快传来一个女人的声音。因为不是他想象中的声音，那由多有点儿不知所措。

"午安，我是针灸师工藤。"

"好。"

那由多等在原地，玄关的门打开，一个身穿紫色开襟衫的女人出现了。她看起来三十五六岁，身材很苗条，脸上化着淡妆。

女人面带微笑地走下阶梯，为他打开了门："请进。"

"打扰了。"那由多鞠了一躬，走了进去。

女人关上矮门，走上阶梯。那由多跟在她身后问："请问，尾村先生呢？他今天不在吗？"

她停下脚步，低头思考了一下后，带着略微僵硬的表情转过头。

"关于这件事，我想我哥哥会告诉你。"

"哥哥？所以你是……"

"对。"她点了点头，"我是朝比奈的妹妹，我叫英里子。"

"哦，原来是这样。你住在这附近吗？"

"也不算太近，但现在会不时来看看哥哥的情况……请多指教。"

"也请你多指教。"那由多鞠了一躬说道。他猜想可能发生了什么事，但并没有追问。

从玄关走进屋内，里面传来音乐声。应该是古典音乐，那由多对音乐不了解，所以不知道曲名。

"朝比奈先生在客厅吗？"

他问英里子，英里子回答说："对。"

那由多跟着她走在走廊上，走廊尽头有一道门。她打开那道门，叫了一声："哥哥，工藤先生来了。"

房间内传来低沉的声音，但被音乐淹没了，那由多没听清楚。

"请进。"英里子请他去客厅。

"失礼了。"那由多打了一声招呼走进客厅时，音乐刚好停了。

客厅有三十三平方米大，仅有沙发和茶几，墙边放着看起来很高级的音响设备。

一个长发男人坐在三人沙发的中央。那由多之前听说他快四十岁了。以一个男人的体格，他穿了一件灰色毛衣的身体有点儿瘦。

他名叫朝比奈一成，"一成"这两个字原本应该念"Kazunari"，但大家都叫他"issei"。"这又不是我的艺名，而且在自我介绍时，从来没有用过这样的发音，但不知不觉中，大家都这么叫我。"

朝比奈是钢琴家和作曲家。音乐杂志在介绍他时，都会在头衔前加上"天才"两个字。即使没听过他名字的人，听到他创作的曲子也一定很熟悉。那由多也是其中之一。

朝比奈原本也是那由多师父的病患。师父高龄后不方便出门，那由多在三年前开始负责这个客人。之后每隔几个月，都会造访这里，为他的肩膀、腰和膝盖针灸。

那由多缓缓走过去。一脸白净，完全没有晒黑的朝比奈转过头。

"朝比奈先生，午安，我是工藤，这段日子的身体状况怎么样？"

朝比奈微微扬起两片薄唇的嘴角说："不好意思，还让你特地来这里。虽然我很想说，身体状况好到不能再好，但不知道是不是因为换季，老地方一直会痛。"

"是不是因为工作太累？上次听你说，你在钢琴前坐了三天三夜。"

朝比奈听了那由多的话，立刻收起了笑容。

"我没弹。"

"哦？"

"我没弹钢琴，我已经好几个星期都没弹了。"

"哦，是这样啊。"

那由多不知所措，不知道该怎么接话。钢琴家不弹钢琴是怎么一回事？

"英里子——"朝比奈叫着妹妹。

"我在厨房。"她的声音从那由多身后传来。客厅旁就是厨房。

"工藤喜欢茉莉花茶，你为他泡杯热茶。"

"好。"英里子回答。

"不必麻烦了。"那由多转头对厨房说完后，将视线移回朝比奈身上，"尾村先生呢？今天没看到他，他去办什么事了吗？"

朝比奈收起脸上的表情，他的双眼转向斜下方，但那由多知道，他并不是在看什么东西。朝比奈有重度视觉障碍，只能稍微感受到光线的变化，无法判别色彩和形状。

他罹患的病名叫视网膜色素变性症，据说是遗传造成的，目前缺乏有效的治疗方法。朝比奈在儿童时期开始出现症状，但并不是突然失明，而是视野渐渐变狭窄。十年前，只要用特殊的放大镜，还可以看到文字；二十年前，他还能看电视。

朝比奈微微扬起下巴，无法聚焦的双眼对着那由多的脸。虽然应该只是巧合，但那由多不由得吃了一惊。

"工藤，你果然不知道。这也难怪，山姆并不是名人。"

"不知道……什么？"

"山姆再也不会来这里了。"朝比奈颓然地说。

"啊？再也不会来的意思是？"

"就是永远都不会再来的意思。山姆不会再来了，再也见不到他了。"

那由多无言以对。他听不懂朝比奈这句话的意思。山姆就是尾村勇，朝比奈根据"勇"的发音"isamu"，取了后面两个音，叫他"山姆"。

"为……什么？"那由多不知道该不该问，但还是战战兢兢地开了口。

朝比奈右手食指指着上方说："他去了那里。"

"那里？"

"天堂。他死了，一个月前死的。"朝比奈很干脆地说。因为朝比奈的语气太平淡，那由多差点儿以为自己听错了。

那由多说不出话，也很失礼地庆幸朝比奈的眼睛几乎看不到，因为他不知道该露出怎样的表情。

"工藤，"朝比奈叫着他，"你在听吧？"

"哦，对。"那由多忍不住坐直了身体，"太惊讶了。请问……到底发生了什么事？他出了意外吗？他看起来不像生了病。"

"嗯，是啊，我也没有发现山姆身体状况的变化。"

听朝比奈的这句话，难道真的是因病去世？

"他的身体哪里出了问题吗？"

朝比奈听了那由多的问题，微微偏着头，吐了一口气。

"是啊，或者可以说是心……出了问题。"

朝比奈的回答出乎那由多的意料。

"心出了问题，所以……"

那由多说到这里时，朝比奈的脸转向那由多后方。

"赶快拿过来，不然茉莉花茶冷掉了。"

那由多转过头，发现英里子双手端着放了茶壶和茶杯的托盘站在那里。朝比奈可能听到些微的动静和声音，察觉她站在那里。

英里子走过来，在茶几旁蹲了下来，把茶壶里的茉莉花茶倒在茶杯中，香气浓厚，身体好像马上温暖起来。

"他跳下了悬崖。"朝比奈突然说道。

那由多瞪大眼睛。他知道朝比奈在说尾村的死因。

英里子正准备把茶杯端到他们面前，也忍不住停下手。

"未必是他自己跳下去的，警方说，也不能排除意外的可能。"

"山姆不可能犯这种错误。我不是说过好几次了吗？山姆经常说，如果要死，就要去别人无法找到尸体的地方，像是茂密的森林或是无人岛，他不想让别人看到腐烂、丑陋的尸体。"

"即使这样，也未必是自杀啊。"

"我要说几次你才听得懂？那你告诉我，山姆为什么要去那种地方？我从来没听他说过喜欢登山。他的个性很谨慎，如果不是想寻死，不可能心血来潮去登山，也不可能因为不小心去那种危险的地方。"朝比奈把左手放在茶几上说，"茶杯。"

英里子把茶杯放在茶托上，推到她哥哥手指可以碰到的位置。

朝比奈用右手拿起茶杯，动作熟练地端到嘴边。看他喝茶的样子，显然了解茶的温度。

"虽然我刚才说'那种危险的地方'，"朝比奈把茶杯放回茶托时，没有发出任何声音，"但其实我完全不知道那是什么地方，那里的地名叫什么。"

"银貂山。"英里子回答。

"啊，对、对，传说以前有银色的貂住在那里。工藤，你知道那个地方吗？"

"好像听过，但也只有这种程度而已。虽然我也喜欢爬山，但从来没去过。"

"你不是有智能手机吗？可以查一下。"

"好，我来查一下，请问汉字要怎么写？"

"汉字很难写，你可以用平假名查。"英里子说。

那由多用手机查了一下，很快就找到了。那三个汉字似乎是"银貂山"，的确很难写。那座山标高一千三百米，从东京到离银貂山最近的车站要三个小时左右，所以去那里登山可以当天来回。

"上面写着，即使初级者也不困难，所以应该不至于太危险吧？"那由多问英里子。

"我也是听当地警察说的，并没有实际去坠落的现场。听警方说，到山顶的路并不会太危险，也不会不好走，有很多上了年纪的人经常去那里登山。但中途偏离登山路线的地方有陡峭的悬崖，而且都是岩石，有可能会滑落。警方还说，勘验现场也很困难。"

"确定是从那里坠落的吗？"

"应该没错。"

"听警方的人说，"朝比奈说，"不可能因为迷路走去那里，一定是特地前往，所以才会问我，是否知道可能导致他自杀的原因——工藤，你怎么了？怎么都没喝茶？茉莉花茶都凉了。"

"啊……我要喝。"那由多从茶托中拿起茶杯，发出餐具碰撞的轻微声音。朝比奈刚才一直没听到这个声音，所以一直很在意。

那由多喝了一口茉莉花茶。

"警方打电话通知你，说尾村先生去世了吗？"

朝比奈点了点头。

"登山客发现了尸体，然后报了警，分析已经死了三天。因为他的衣服口袋里有驾照，所以立刻知道了他的姓名和住址，但他一个人住，联络不到他的家人。于是，警方又向房屋中介公司打听，联络了他租房子时的担保人。"

那个担保人应该就是朝比奈。

"在接到警方的电话时，我就觉得预感成真了。当然是不好的预感。"

"请问是怎么一回事？"

"从两天前，我就无法联络到他。电话打不通，传信息给他也没有响应。因为从来没有发生过这种事，所以我很担心是不是出了什么意外。"

"所以，他没告诉你，他要去登山这件事。"

"对，他没说。"

"尾村先生的家人呢？"

"他母亲和他的兄嫂一起住在富山，他父亲早就离开人世了，但山姆最近几乎和他们没有联络，他说，和没办法理解自己生活方式的人相处太累了。但是——"朝比奈偏着头说，"现在回想起来，也许他在逞强，搞不好他很希望获得家人的谅解。"

那由多隐约，不，是很明确地知道朝比奈在说什么，也了解尾村说的"生活方式"所代表的意思——

"所以你通知了尾村先生的家人，说他已经去世了。"

"那当然啊，他们立刻就赶过来，把山姆的遗体运回富山了，说要在那里举办葬礼。当时，他哥哥对我说，他们家的亲戚都很保守，所以希望我不要参加葬礼。"

朝比奈用低沉的语气说的内容具有沉重的意义。那由多不敢随便回答，只能沉默以对。

"哥哥，"英里子开了口，"你不是要请工藤先生为你针灸吗？"

"对啊，工藤，不好意思，让你陪我聊这些无聊的事。"

"怎么会无聊……只是你把这么重要的事告诉我，让我感到诚惶诚恐。"

"我并不是逢人就说，因为我觉得你在很多事上都能够了解。"

"谢谢，虽然我帮不上任何忙……"

"你愿意当听众就好了——我像平时一样，躺在这张沙发上就可以了吗？"

"对，躺在这里就好。"那由多对英里子说，"可不可以借用两条大浴巾？"

"大浴巾吗？好。"英里子站了起来。

朝比奈开始脱毛衣，毛衣里面穿着内衣。他正打算脱内衣时，突然停了下来："是不是不该做那件事？"

"啊？"那由多看着朝比奈的脸，忍不住大吃一惊。因为他的双眼渐渐充血。

"哪件事？"

"告白啊。"朝比奈的声音中带着哭腔，"到头来，出柜也许只是自我满足。"

2

在针灸时，那由多才知道英里子的全名叫西冈英里子。她并不是一直在旁边，而是勤快地忙着洗衣服，或是在厨房洗碗盘。她和丈夫、一个女儿住在几千米外的地方，每隔两三天就会来照顾哥哥的生活，也会带只需要用微波炉加热的食品和可以久放的熟食。一个月之前，都是朝比奈重要的伴侣在做这些事。

针灸结束后，英里子送那由多到玄关外。

"今天很谢谢你。"英里子恭敬地鞠躬道谢。

"你太客气了，"那由多摇了摇手，"这是我的工作，请你不要这么见外。不过，你自己也有家庭，现在这样也很辛苦啊。"

"是啊，但还是会担心……"英里子回头看向房子，"每次来这里看到哥哥，就忍不住松一口气。啊，原来他还活着。"

"啊！"那由多忍不住叫了一声。原来她担心哥哥也跟着自杀。

"但是，今天很庆幸你来这里为哥哥针灸，而且我相信哥哥终于说出了他压在心头的话。"

"只是不知道我够不够资格。"

"当然够了。"英里子充满确信地点头，"哥哥发自内心地信赖你。"

"我相信他有很多聊天对象。"

"其实并不是你想的那样。"英里子说完，露出凝望远方的眼神，"如果尾村先生真的是自杀，那就太过分了。他为什么没想到我哥哥独自面对，会有多痛苦，还是说，他已经被逼入绝境，根本顾不了那么多。"

"我也不知道该怎么说……"那由多低下头。

"啊，对不起，耽误你的时间了。你是开车来这里的吧？路上小心！"

"谢谢，那我就先走了。"那由多鞠躬道别后，走下通往矮门的阶梯。

那由多回到投币式停车位，缴完停车费后，坐上了车子。发动引擎后，他突然想到一件事，打开汽车音响，从硬盘中挑选了朝比奈在一年前送给他的 CD 中的曲子。他记得朝比奈当时满脸喜色地说，这是他久违的新作品。

那由多一边开车，一边听着汽车喇叭中传来的钢琴旋律。

朝比奈就是在发表这首曲子时，公布自己是同性恋者的。他接受了几家音乐杂志的采访，在其中一次采访中出柜，显然和 CD 名是 "my love" 有关，但也可以说，正因为他做好了出柜的心理准备，才会为 CD 取这个名字。

当记者问他是否有固定伴侣时，朝比奈回答说："有。"还说对方也同意他出柜，同时还补充说，他和对方多年来，在工作上也一直维持着良好的关系。

虽然他并没有公布伴侣的名字，但了解朝比奈的人都知道那个人就是尾村勇。

他们在十几年前认识。作曲家朝比奈逐渐走红，但由于视力持续衰退，已经无法自己写乐谱，于是开始寻找可以代替自己写下乐谱的人。把尾村介绍给朝比奈的是他们共同的朋友，听朝比奈说，他一听到尾村的声音，就感受到"终于遇到寻找已久的人的震撼"。尾村也觉得他们的相遇是命运的安排。

之后，尾村不仅负责记录朝比奈创作的乐曲，也成为和他讨论创作的对象，代替他和外界交涉、沟通，更负责他的生活起居，成为他独一无二的伴侣。

那由多在朝比奈出柜后不久和他见面，当时，朝比奈笑着说："其实大家都隐约察觉到了。因为我们形影不离，别人看到我们的相处，一定知道我们有特殊的关系，但我们没有公布，所以别人也不方便问。听说让有些人觉得不知道该怎么办，好几个人跟我说，以后终于不必那么战战兢兢了。"

当时，他自信满满地说，出柜是正确的决定。

其实，那由多之前也隐约察觉到了。初次见到他俩时，就觉得可能是这么一回事。

尾村一身黝黑，浑身肌肉饱满，和朝比奈完全相反，但对朝比奈的态度简直就像年长的太太。尾村为朝比奈准备饮料，把他脱下的衣服折好，向那由多说明朝比奈身体哪里不适时，比朝比奈本人更清楚。

那由多纳闷的是，即使在出柜之后，他们也没有一起生活。他问过朝比奈这件事，朝比奈回答说，只是时机问题。

"我之前不是告诉你，山姆在大学兼任讲师吗？他目前住的地方去学校上课比较方便。其实那份薪水并不高，我觉得完全可以辞掉了，但他有他的想法。而且，我们只是没有住在一起，但他几乎每天都来这里，所以这件事就由他决定。"

朝比奈对他们之间的感情没有丝毫不安。

但是——

朝比奈刚才说，出柜也许只是自我满足，然后又接着说："社会对同性恋的看法并没有改变，只是对我们的看法有所改变，对我和山姆……我觉得这样也无妨，只是不知道山姆有没有做好这样的心理准备。当初是我提出要出柜，他说，既然我想这么做，他没有意见，但他从来没有说过他想要出柜，所以也许只是尊重我的想法。不，八成是这样。"

他的出柜引起很大的反响，但朝比奈说，他几乎没有感到任何不悦。

"回想起来，这也是理所当然的事。因为我只要整天窝在家里作曲就好，所接触的人都是与音乐相关的人，或是熟悉的人。因为我眼睛看不到，所以也不知道别人在网络上说些什么。但是，山姆不一样，他必须去兼任讲师的大学上课，也要代替我和各种各样的人见面，我猜想他也会上网看那些讨论。他虽然什么都没对我说，但不难想象，他在各种场合都会遭遇到各种偏见。我太后知后觉，失去他之后，我才想到这件事。"

朝比奈认为这就是尾村自杀的动机。

"失去山姆后，我无心做任何事。不想碰钢琴，也许……不，我应该一辈子都不会再弹钢琴了。业界传言，山姆其实是我的影子写手，如果我以后不再作曲，大家会对这个传闻信以为真吧。"朝比奈说完，露出了自虐而寂寞的笑容。

那由多只能在为天才作曲家针灸的时候，听他倾诉内心的烦恼。那由多不敢随便附和，更觉得不可以漫不经心地说什么"你要振作"这种不负责任的话。在针灸结束之后，那由多几乎没说什么话。

哥哥发自内心地信赖你——他想起英里子的话。

别高估我。那由多握着方向盘嘀咕道。别人对他抱有太大期待，也会让他难以承受。

3

十月的最后一天，那由多的手机接到了一封意想不到的人发来的电子邮件。是羽原圆华。自从七月那一次之后，就没和她见过面。

圆华在电子邮件中说，有事要问那由多，可不可以见个面。那由多欠了圆华不少人情，所以立刻打了电话，电话也立刻接通了。

"你要问我什么事？"

"电话中说不清楚，我希望当面谈，你决定时间和地点。"她说话的语气依然冷淡。

"我明天下午有空，三点左右怎么样？"

"好啊，地点呢？"

"要不要在开明大学医院见面？我这一阵子很忙，一直没去看凑斗，所以想去看他一下。"

"没问题，你去看完他之后，再打电话给我。我会乘车去，就在停车场见面吧。"

"停车场？为什么要约在那种地方……？"

"如果去餐厅，可能会被别人听到，还是说，你无论如何都想和我一起喝咖啡？"

"才没有呢。"

"既然这样，那就这么决定了。一言为定。"

"等一下，到底是哪方面的事？至少提示一下。"

圆华停顿了一下，似乎在思考之后回答说："关于电影。"

"电影？你是说银幕上的那个电影吗？"

"除了那个电影以外，还有哪个电影？那就明天见啰。"圆华说完，挂上了电话。

那由多注视着手机。

电影——

他觉得乌云在心头聚集。

第二天，那由多相隔两个月去探视了石部凑斗，看到他恢复的状况，忍不住瞪大了眼睛。因为上次来的时候，凑斗一直在沉睡，如今已经睁开了眼睛，而且会用眨眼的方式回答别人的问题。

"虽然现在只能回答一些简单的问题。"石部太太说话时的表情很开朗，声音中也带着兴奋，一定是因为她清楚地看到了希望的光芒。

石部宪明九月开始回学校上课。虽然无法见到老师有点儿遗憾，但石部老师似乎已经走出了暂时的失意，那由多也感到安心。

离开病房大楼后，他走向停车场时，打电话给圆华。圆华让他回车上等她。

那由多回到车上，打开了汽车音响的开关，但他完全无法欣赏播放的音乐。圆华到底要和自己谈什么事？他满脑子都在想这件事。

一辆轿车驶入停车场，那由多茫然地看着那辆车，忍不住大吃一惊，因为开车的女人就是负责监视羽原圆华的桐宫女士。

轿车停了下来，后车门打开，一个穿着西装的彪形大汉下了车。那由多见过那张冷酷的脸。七月和圆华约在黑马川的露营场见面时，这个男人也陪着圆华一起去的。记得他好像叫武尾。

身穿白色连帽衣的圆华也跟着男人下了车。她披着一头长发，戴着粉红色毛线帽。

她似乎已经看到那由多的车子，毫不犹豫地走了过来，绕到副驾驶座旁，打开车门，坐了上来："让你久等了。"

"没等多久。"那由多看向那辆轿车。彪形大汉站在车旁，一直看着他们，"戒备越来越森严了，你无论去哪里，这两个人都一直跟着你吗？"

"他们奉命不能让我离开他们的视线，你不必管他们。"

"怎么可能嘛，他们到底在监视什么？"

"监视我会不会轻举妄动。这不重要，你有没有见到凑斗？"

"刚才见到了，太惊讶了，羽原博士果然是天才。"

那由多正准备伸手关汽车音响，圆华制止了他。

"等一下，这是《my love》吧？朝比奈一成的。"

"对啊，你连这个也知道。"

"我爸爸有这张 CD。你也是他的乐迷吗？"

"不是，他是我的病患，是从我师父手上接手的，所以他送我这张 CD。十天前，我也去为他针灸了。"

"是噢……"圆华打量着那由多的脸。

"怎么了？有什么问题吗？"

"只是为他针灸而已？有没有和朝比奈一成聊一些私人的对话？"

"私人的？"那由多忍不住皱起眉头，"当然不可能聊什么私人对话，只是为他针灸而已，在针灸时会闲聊。你到底想说什么？"

"不，没什么。"圆华轻轻摇头。

那由多关上汽车音响。

"到底有什么事？你不是有事要问我吗？"

"嗯，"圆华点了点头，"想打听一个导演。"

"导演？"

"甘粕才生……你应该认识他吧？"圆华注视着那由多的脸。

那由多无法立刻回答，他觉得有点儿眩晕，思考暂时麻痹。因为圆华的问题太出乎他的意料，就像是从意想不到的方向飞来一支箭，射穿了他的身体。

圆华目不转睛地看着那由多，好像学者在观察小白鼠。

那由多回过神，发现自己屏住了呼吸。他吐了一口气，用手背擦拭着嘴巴。

"为什么？"他问到一半，但声音分叉。他干咳了一下，又重新问了一次，"你为什么问我这种问题？"

"因为我觉得你应该认识甘粕才生，对不对？你不是演过他拍的电影吗？"

圆华若无其事说的话，再度对他内心造成了很大的震撼。这个女生到底是何方神圣？每次都会做出一些远远超出预料的举动令他大吃一惊。

"你为什么不说话？"圆华注视着那由多的眼睛。

那由多闭上眼睛，深呼吸后开了口。圆华仍然注视着他。

"你什么时候知道的？"那由多用沙哑的声音问。

"在筒井老师的研究室第一次见到你的时候。那时候就觉得好像在哪里看到过你。"圆华说，"我没有马上想起来，之后努力回想了一下，才发现是演甘粕才生电影的那个少年。"

那由多看着她的脸问："你看了那部电影吗？"

"鉴于某些原因，我看了好几部他的电影。"

"你竟然会发现，那已经是快二十年前的事了。"

圆华的嘴角露出笑容："你还有当时的影子。"

"为什么你之前没提过这件事？"

圆华耸了耸肩说："因为我猜想你可能不喜欢别人提起以前的事。以前……当童星的时候。"

"你为什么会这么想？"

"因为你用了假名字。工藤那由多，其实你叫工藤京太，京是京都的京。以前当童星时，你用了本名。既然你没用那个名字，通常不是会认为你想要隐瞒童星时代的事吗？"

那由多靠在椅子上，叹了一口气。

"职棒有一个知名的投手叫村田兆治，我外公的名字也叫兆治，我父母期待我超越外公，所以为我取名字时，用了'京'这个字。

因为'京'比'兆'大，很简单吧？"

"你在取假名字的时候，想要远远超越'京'，所以就取了'那由多'……是不是这样？"

"差不多吧，这也很简单吧。"那由多看着圆华，"你明知道我不喜欢，今天还特地向我提起以前的事。"

"虽然于心不安，但现在无暇顾及那么多了。我在找人，所以想要一些线索，即使是很微不足道的事也没关系。"

"你要找的人是甘粕才生吗？"

"不是，我正在找一个重要的朋友，但并不是和甘粕才生没有关系。"圆华收起下巴，抬眼看着那由多，"你知道甘粕才生在哪里吗？"

"开什么玩笑，我怎么可能知道？我离开演艺圈已经多少年了！"

"那把你知道的告诉我就好，把你记得有关甘粕才生的事全都告诉我。他是怎样的人？他是怎么找到你的？"

那由多在脸前摇着手。

"我忘了，应该说，我不愿回想，我决定埋葬那段时间的记忆。尤其是关于那部电影，更不愿去回想任何事。不好意思，不要再问——"说到这里，放在上衣内侧口袋的手机响了。那由多轻轻叹了一口气，拿出手机。虽然屏幕上显示了一个陌生的号码，但他还是接了起来。

"喂？"

"请问是工藤先生吗？"电话中传来一个女人的声音。

"我就是。"

"嗯……我是西冈，上次谢谢你。"

听到"西冈"这个姓氏，那由多不知道是谁，幸好很快就想到了。

"哦，原来是英里子小姐，朝比奈先生的妹妹。"

"对，不好意思，在你百忙之中打扰。请问现在方便说话吗？"

"没问题，请问怎么了吗？"

"不瞒你说，我哥哥的状况有点儿不太对劲儿。"

"朝比奈先生吗？怎么不对劲儿？"

"这一阵子比之前更郁郁寡欢，好像也没有好好吃饭……而且有时候会提到你的名字。"

"怎么会提到我？"

"他说，是不是不该和你聊那些，是不是让你感到不愉快……总之，我觉得哥哥想再见到你。"

"我吗？"

那由多感到很困惑。朝比奈到底对自己有什么期待？

"工藤先生，怎么样？可不可以麻烦你找机会去看看我哥哥？假装刚好去附近，顺便去看看他。"

"那没问题啊，只是我觉得自己帮不上任何忙。"

"不，只要能够陪哥哥聊天，我就感激不尽了。可不可以麻烦你？"

"那……那个……我有时间时，会去拜访他。"

"是吗？谢谢你，那就麻烦你了。"从英里子拼命拜托的语气中，似乎可以看到她一次一次鞠躬的样子。

挂上电话后，那由多叹了一口气。

"朝比奈一成先生的家人吗？"圆华问。

"是啊。"

"朝比奈一成先生怎么了？我刚才听到你们的对话，他好像很依赖你。"

"他好像误会什么了，真伤脑筋。"他把手机放回口袋，"我们继续刚才的话题，总之，我不愿回想以前的事。不好意思，帮不上你的忙，别再指望我了。"

圆华垂下眼睛，长长的睫毛动了几下："是吗？那就没办法了。"

"等一下还有工作，我要先离开了。"

"好吧。"圆华打开车门，离开副驾驶座。

"但是……"她在下车之后说，"我觉得你当时的演技很出色。"

"当时？"

"为错乱性爱烦恼的中学生角色——《冻唇》。"

圆华轻松说的话重重刺进那由多的心里，巨大的冲击让他说不出话来。

圆华用冷漠的眼神观察完他的反应后，说了声："那就先这样。"关上了车门。

4

说实话，那由多不太记得自己是怎么开始在镜头前演戏。他从小就学很多才艺，其中包括了舞蹈、唱歌和表演的训练。很久之后他才知道，才艺学校和经纪公司有密切关系。

听母亲绫子说，当初是走在路上时被星探相中，但那由多认为她在说谎。绫子爱出风头，喜欢名人，而且很自恋，她认为自己的儿子是其他小孩无法相比的美少年，忍不住带他去演艺学校。

那由多并不是不甘不愿地配合母亲的梦想。在演了几个小角色后，他感受到演戏的快乐。即使只是短暂的时间，但能够变成另一个人这件事让他感到有趣。渐渐地，在演感伤的戏时，他能够自然落泪。大人对此赞不绝口，也让他产生了快感。

以后要一直当演员，还是长大之后，自然会从事其他工作？他对这个问题没有明确的答案，继续演艺工作。因为他认为以后再思考这个问题就好。

那由多刚升上中学二年级时，接到了那个工作。他要在新锐导演的作品中演主角。

他看了剧本，发现剧本很费解。在富裕家庭中成长的英俊少年认识了一个妓女，然后坠入了和之前完全不同的世界。电影主角的少年几乎没有台词，但那由多凭以往的经验知道，没有台词并不代表很轻松，而且反而更需要发挥高超的演技。

他第一次见到导演甘粕才生时很紧张，很担心他会提出什么出人意料的要求。

甘粕的眼睛深处发出可怕的光，被他用力注视时，觉得好像会被那双眼睛吸进去。

甘粕的指示很简洁，他叫那由多什么都别想。

"我不需要你思考后的演技，你只要把脑袋放空，我就可以激发你的演技，可以唤醒你内在的潜力。了解吗？脑袋放空，来现场时什么都别想，然后按照我的指示去演。在演的时候，也要把脑袋放空。"

这是第一次有导演对他说这种话，所以他很惊讶，但既然不需要思考，他当然求之不得，于是决定把一切都交给这位导演。

开始拍摄后，他充分了解了甘粕说的意思。因为主角面临的状况太特殊，难以想象他的内心，而且和其他角色之间的关系也很复杂，只要稍微思考，身体就无法动弹。他彻底放空，按照甘粕的指示表演。在拍摄期间，那由多是甘粕的傀儡，但甘粕具有神奇的力量，那由多并没有对此感到不满。被他放在手心，好像中了催眠术般演戏的状态反而很舒适。

拍电影并不是根据故事情节的顺序拍摄，因为必须注重效率，所以拍摄时会打乱顺序，再加上剧本内容很费解，那由多在拍摄过程中，完全无法预料是怎样一部作品，甚至不知道如何描写主角。

只不过那由多也知道了一件事，主角和很多人有性关系，而且并不限于女生。虽然没有直接的描写，但有些镜头暗示少年和男人交欢。他在看剧本时并没有发现这件事。

完成的作品——《冻唇》，受到了专家的大肆赞赏，也在海外的电影节获得了大奖，进一步成为讨论的话题。甘粕才生很快就声名大噪。

其实，那由多至今仍然没有看过那部电影。因为上学，没有时间去看电影，再加上抢先去参加试映会的父母叫他最好别看。父亲更是大发雷霆，责骂同意接下这部电影的母亲。父亲原本就对儿子进入演艺圈这件事不赞同。

《冻唇》成为那由多的最后一部电影。因为父母的强烈要求，他离开了经纪公司。那由多自己也觉得不能继续留在演艺圈，因为在《冻唇》上映后，他觉得周围人看自己的眼神明显和之前不一样了。

那由多成为一个普通的高中生，他不再在镜头前演戏。人都很健忘，《冻唇》虽然引起了话题，但票房并没有太理想，即使他走在路上，也不会被人认出来。

在他完全忘了那部电影时，影响才显现。那时候，那由多刚升上高三不久。

有一天，他走进教室时，发现课桌上放了一张照片。仔细一看，发现是从某篇报道中剪下来的。之后他才知道，那是从《冻唇》的简介上剪下来的。

照片上是那由多和另一名男演员，两个人正在接吻。剪下来的照片旁用手写的字写着"变态演员　工藤京太"。

那由多觉得浑身的血都冲上脑袋，整个人都抓狂了。他不太记得自己之后的行为，回过神时，已经躲在家中的床上，全身缩成一团，身体颤抖不已。

那天之后，他在学校的生活和之前完全变了样。虽然当时的网络没有现在这么发达，但负面传闻往往传得特别快，再加上包含了有关性的内容，所以很快不胫而走。

之前的好朋友开始和他保持距离，他无论走到哪里，别人都对他投以好奇的眼神。他立刻就知道，有人在背后对他指指点点。

那天，他准备走进厕所时，原本在厕所内的两个男生慌忙冲了出来，其中一个人笑着说："好危险，好危险，在这种地方脱裤子，差一点儿就被攻击了。"

那由多体内的某个开关打开了，当他回过神时，发现自己骑在那个男生身上，一次又一次挥下木棒。木棒是厕所里的拖把，他完全不知道自己什么时候拿起了拖把。

对方身受重伤，那由多遭到停学处分，但他并没有告诉父母详情，只说是双方发生口角后打了起来。

学校方面也并没有重视这件事，因为对方也没有说出真相，但校方不可能不知道其他同学用带有偏见的眼光看那由多，而且有几个老师也一样。

那件事之后，那由多不再去学校。虽然父母试图了解原因，但他整天把自己关在房间内，不和父母说话。因为他认为他们一旦知道真相，父亲又会责骂母亲。

班导师石部宪明努力想要让他重新站起来，频繁造访，隔着门和那由多说话。

"如果你不喜欢，不去学校也没关系，但要好好吃饭，最好也做点儿运动，然后要读书。你不是准备上大学吗？要来学校参加期中考和期末考，其他的事，我会负责帮你处理。"

石部为他带来了学校发的教材，以及学校的日历。

意外的是，石部并没有问那由多拒学的原因。当然是因为他知道原因，但他从来没有提过，而且也从来没有和那由多的父母提过这件事。

"他什么都没说，一定有原因，就慢慢等到他愿意开口。"石部对那由多的父母这么说。

就这样过了两个月，石部对他说："你要不要去学校露脸？但是会安排在星期六，以补课的方式进行。只要你愿意出席，我可以保证让你毕业。不必担心，只有你一个人补课。"

那由多感受到石部的热心，所以无法断然拒绝，同时也觉得万一真的毕不了业，恐怕会很惨。

当他踏进久违的教室时，发现自己被骗了，教室里还有另一个人。那由多虽然没和他说过话，但知道他是出了名的坏学生。

他就是胁谷正树，听说他在高二那年引发了斗殴事件，以伤害罪遭到起诉，也不止一次遭到停学处分。

原来我和他同班。那由多心想。因为他升上高三后不久就开始拒学，所以不太清楚班上有哪些同学。

那由多忍不住警戒起来。胁谷起身走向他，做出了意想不到的行为。

"原来你也吊车尾啊，那就请多指教。"说完，他向那由多伸出右手，想要和他握手。

那由多握着胁谷厚实的手，直觉地认为，这个家伙可以信任。虽然不知道他之前干了什么坏事，但本质上应该是一个直率的人。

之后才知道，胁谷是被中学的学长拉进了不良帮派，因为胁谷觉得那些不受大人管教的学长很帅气，也是在学长的怂恿下，引发了那起斗殴事件。

"我以前是全垒打级的笨蛋。"胁谷不止一次这么说。

石部虽然说是补课，但并没有为那由多和胁谷上课，只是在教室里和他们闲聊，也不会问他们升学的事。

石部经常说，这是你们的人生，想怎么过都可以。

"只要有我可以帮忙的事，随时告诉我，这就是补课的目的。"

这句话为对未来开始感到悲观的那由多壮了胆，让他具备了觉得自己或许可以重来的力量。

胁谷平时也有去学校上课，但他二年级时的出席天数太少，必须以补课的方式补回来，所以和他聊天，可以了解班上同学的情况。

"我想大家都已经不在意你了，你也差不多可以来学校上课了。"

虽然胁谷这么说，但那由多并不想去学校。因为他觉得一旦开始上学，别人又会用好奇的眼光看他。

但他还是遵守了和石部的约定，参加每次考试。因为他觉得大家一定会注意他，所以他在家很用功。比起听老师上课，那由多更适合用参考书自学读书，每次考试的成绩都很出色，所以胁谷才会说，他很少去学校上课，只有考试的日子才会走进教室，结果竟然考了满分。

虽然他出席的天数完全不够，但多亏了石部的帮忙，他可以参加大学考试。他之所以报考医学系，是希望让父母安心。因为父母显然为他这个独生子担心，他觉得只要听说自己的目标是当医生，父母应该会安心。

他没有参加高中的毕业典礼。那天，他在家里为终于解脱感到松了一口气。他决定上大学后，要变成另一个人，要换发型，锻炼身体，彻底改变形象，让别人认不出自己。也许可以考虑留胡子。

然后——

他希望也可以改名字。

5

去开明大学医院三天后的傍晚，又接到了圆华的电话。这次她打电话给那由多，那由多刚好离开病患家，准备走路去搭地铁。

他接起电话，圆华劈头就问："你有没有去见朝比奈一成？"

"怎么突然这么问？连招呼也不打一声吗？"

"我们三天前才见过，不需要时令的问候吧？怎么样？你去看过朝比奈了吗？"

"为什么要问我这个问题？"

"你之前不是在电话中说，有时间就会去看他吗？"

"我是问你为什么要关心这个问题，和你没关系吧？"

"就是和我有关系啊。我有没有告诉你，我爸爸有朝比奈先生的 CD？"

"上次听你说了。"

"但是，我爸爸说，他并不是朝比奈先生的乐迷，而是因为工作需要，才会有那张 CD。"

"工作？"

"就是羽原手法。"

那由多听了圆华的回答，忍不住一惊。羽原手法就是石部凑斗接受的脑外科手术。

"怎么需要？"那由多问。

圆华低吟了一声。

"电话中说不清楚，等一下要不要找个地方见面？"

那由多看了一眼手表，今天外出的工作都结束了。

"我没问题，但我不想谈甘粕导演的事。"

"我知道，和那件事完全没关系，你放心吧。要约在哪里见面？"

那由多想了一下，指定了表参道附近的一家露天咖啡馆。

四十分钟后，那由多在约定的那家店喝拿铁咖啡时，三天前见过的那辆轿车停在路旁。后车门打开后，戴着粉红色毛线帽的圆华跟着彪形大汉下了车，这也和三天前完全一样。不同的是那辆轿车在他们下车后就离开了，可能准备去哪里停车。

圆华一个人走进咖啡店，她马上看到了那由多，轻轻挥了挥手。他也举手回应。

"让你久等了。"

圆华在那由多对面坐了下来，找来服务生，点了奶茶。

那由多看向人行道。那个彪形大汉站在人行道旁，目不转睛地看着他们，眼神很锐利。

那由多转头看着圆华。

"那我们来谈正事。朝比奈先生的乐曲和羽原博士的手术有什么关系？"

圆华微微偏着头说："简单地说，就是用来刺激脑部。"

"刺激脑部？"

"羽原手法的重点之一，就是在手术后，给予病患的脑部各种不同的刺激。除了抚摸身体，嗅闻气味以外，听声音的方法最有效，音乐更是大脑功能恢复不可或缺的重要刺激，只是完全不知道哪一种音乐效果比较好。虽然古典音乐比较理想，但对每个人的效果各不相同。不过，最近发现了好几首乐曲有压倒性的效果。听我爸爸说，病患的反应完全不同。重点还在后面，这些乐曲都有一个共同点，都是同一个人创作的乐曲。"

"该不会是朝比奈先生吧？"

"就是这么一回事。"

圆华点头时，奶茶送了上来。

那由多拿起拿铁。

"太不可思议了，为什么会这样？"

"我不是说了，目前还不知道。但我爸爸认为一定有什么因果关系，所以他想采访一下本人。其实之前就开始交涉，最近突然停了下来。之前都是和朝比奈一成的经纪人交涉，但他在两个月前意外身亡了……你知道这件事吗？"

"上次去朝比奈先生家里时听说了，但他不是经纪人，更像是代理人。"

"既然这样，你应该了解状况。总之，我爸爸正在找能够和朝比奈联络的人，你愿不愿意帮这个忙？"

"我吗？"

圆华放下茶杯，抱着双臂。

"虽然这么说有点儿不好，但我帮了你不少忙，让你的跳台滑雪选手朋友复活，也协助栽培了弹指球投手的年轻搭档，还协助石部老师摆脱了无聊的烦恼，这些全都是我的功劳。"

她用完全感受不到丝毫谦虚的话夸赞自己功劳的态度让那由多很吃惊，却无法反驳。她说的是事实。

"为他们介绍当然不是问题，"那由多无奈地说，"但采访可能有问题。至少暂时不太可能。"

"为什么？"

"因为失去代理人的打击，导致他陷入沮丧，目前只愿意和极少数的人见面。"

"你就是这极少数的人之一吧？所以那天才会接到那通电话。"

那由多皱着眉头，耸了耸肩。

"他太高估我了，即使对我抱有期待，也让我难以承受。"

"但他是你师父交给你的重要客人，还是去见见他吧？你去见他的时候带我一起去，你觉得怎么样？"

那由多叹了一口气。

"你没在听我说话吗？即使现在见到朝比奈先生，也没有意义。他身边的人正在担心他会不会跟着自杀。"

"跟着自杀？"

"那个代理人叫尾村，据说不是单纯的意外，可能是自杀。而且对朝比奈先生来说，尾村先生不光是他在工作上的伙伴。"

那由多确认周围并没有人偷听他们的谈话后，简单说明了尾村勇死时的状况，以及朝比奈和尾村的关系。

原本很担心圆华听到"同性恋"这三个字时不知道会有什么反应，但她几乎面不改色，轻松地说："所以朝比奈先生失去了情人，他认为是自己造成的。"

"对，差不多就是这样。"

"目前还不了解真相吧？自杀的动机是什么？而且到底是不是自杀？为这件事痛苦太不值得了。"

"不值得？"

"既然这样，你不是更应该去看看他吗？他想要和别人聊一聊。"

"我上次已经听他聊得很充分了。"

"真的聊得很充分吗？正因为他觉得不够充分，才会想要和你见面吧？"

"他误会了，对我有某些幻想，在我身上寻求这种幻想，我也很伤脑筋。"那由多很烦躁，说话也忍不住大声起来。

"幻想？什么幻想？"

"就是……"那由多说到一半住了嘴，摇了摇头说，"没事。"

"怎么了？话只说一半太不上道了。"圆华挑着眉尾。

那由多抓了抓头，把脸凑到她面前小声地说："朝比奈先生以为我能够了解他的心情。"

"心情？"

"有一次，他对我说，工藤，你就是《冻唇》的那个少年吧？我很惊讶，忍不住问他，他怎么会知道。朝比奈先生说，那部电影引起广泛讨论时，他的眼睛还能看到，所以租录像带看了那部电影，电影的内容对他造成了很大的冲击，他说就像一把抓住了他的心。之后他推荐给尾村先生，尾村先生也很喜欢，就去买了DVD。所以尾村先生见到我时，认出我就是演那部电影主角的童星。因为工藤这个姓氏相同，年龄也符合。虽然名字不一样，但他以为京太是我的艺名，于是就告诉了朝比奈先生。"

"可见你的长相和当时的差异并没有你想象中那么大，"圆华冷冷地说，"后来呢？"

"朝比奈先生得知我就是工藤京太后兴奋不已，他说能够见到当时的少年简直就像在做梦。他用热切的口吻对我说，他觉得那个少年完美地表达了他们从小就有的烦恼和痛苦，一直希望和那个少年见面，见面之后好好聊一聊。"

"那不是很好吗？他不是在称赞你的演技吗？"

"开什么玩笑！"那由多用力摇着手，"朝比奈先生认为我就是那部电影的主角，但我只是按照导演的要求演戏，什么都搞不清楚。我也是这么告诉朝比奈先生的，但他完全不相信，一直说在那个少年身上感受到某些超越演技的东西，像他们这种边缘人能够看出来。老实说，我不太想讨论这个话题，所以每次都充耳不闻，随口敷衍几句。现在回想起来，可能不应该这么做，而是应该明确否认。"

圆华用冷漠的眼神看着他。

"你的意思是说，他误会你和他是同类？"

那由多稍微想了一下后说："嗯，是啊。"

"即使是这样，你也未必帮不上忙啊。总之，我们无论如何，都要让失明的天才作曲家复活，而且这件事需要你的协助。"

那由多目不转睛地打量着圆华的脸。

"让他复活？要怎么让他复活？你到底想干什么？"

"那还用问吗？当然是查明尾村勇死亡的真相啊。"

6

那由多和圆华一起去朝比奈家时，朝比奈不在客厅。听接待他们的英里子说，一位交情深厚的音乐制作人来找他，他们正在卧室谈话。朝比奈平时都在客厅讨论工作，但最近他经常一整天都在卧室。

"制作人委托哥哥为纪录片创作主题曲。"英里子把茉莉花茶倒进杯子时说，"听说很久之前就委托哥哥了，但哥哥目前这样，工作完全没有进展，但制作人并没有生气，而是耐心等待，真的很感谢他。"

"我也很期待朝比奈先生创作的下一首乐曲。"

"请你把这句话告诉哥哥。听你这么说，哥哥可能会奋发。"

"不，即使我说什么，也无法发挥任何效果……"

走廊上传来开门、关门的声音，还听到男人告辞的声音，应该是那个音乐制作人。"我去送他一下。"英里子对那由多和圆华说完，走了出去。

几句寒暄后，玄关的门关上了。不一会儿，听到走廊上传来移动的声音。那是脚步声和拐杖的声音。

朝比奈在英里子的引导下走进客厅。他比上次见面时更瘦了，脸色苍白，脸颊也凹了下去。

那由多从沙发上站了起来："我来府上叨扰了。"

身旁的圆华也站了起来，向朝比奈鞠了一躬。

朝比奈停下脚步，微微偏着头："好像还有另一个人。"

"她是我的徒弟，有时候我外出针灸时会带着她，让她有机会学习。"那由多向朝比奈说明。因为圆华说，突然提羽原手法的事，只会造成朝比奈的困惑，所以先说是徒弟比较好。

"午安。"圆华向朝比奈打招呼，朝比奈露出淡淡的笑容。

"这位针灸师的声音真可爱。年轻女生当针灸师比较辛苦，祝你早日学成，可以独当一面。"

"谢谢。"

朝比奈再度拄着拐杖移动，确认沙发的位置后坐了下来。

"我猜想八成是英里子勉强拜托你，"朝比奈以正确的角度面对那由多，"即使你说是刚好来附近工作，顺便来看我是善意的谎言，我也很高兴你来看我。"

"我的确很关心你的近况，不知道你之后的情况如何？"

"都怪我上次和你聊那些无聊的话题。即使你现在听到我说，出柜只是自我满足，也觉得是不足挂齿的烦恼。你一定觉得既然现在还为这些事情烦恼，当初就不应该出柜。"

"怎么会无聊呢？我觉得你的烦恼很正常，只是不知道尾村先生的实际想法，所以觉得你最好不要太烦恼。"

朝比奈左右摇晃着脑袋。

"你的意思是说，山姆可能不是自杀吗？我也希望可以这么认为，但无论怎么想，都不可能。我之前不是告诉你了吗？现场偏离了登山路线，不可能因为迷路走去那里。警方的报告上应该这么写，因为伴侣公布是同性恋者，导致遭到社会冷漠的眼光，为此烦恼不已，最后走上绝路的可能性相当高。"

那由多吞了口水后问："当警方问你是否认为他有自杀的可能时，你是这么回答的吗？"

"对啊，如果我说，我认为他没有自杀的可能，那就是说谎。"

"但这只是你的想象而已，在了解尾村先生真正的想法之前——"

那由多没有继续说下去，因为朝比奈举起右手制止了他。

"工藤，这件事就不要再争辩了，在我内心，这个问题已经结束了。没有人知道山姆真正的想法，但我并不是乐天派，能够把他的想法往对自己有利的方向解释。山姆自杀了，是我逼他走上了绝路。我认为必须在得出这个结论的基础上，思考之后的事，思考之后该怎么活下去。当然，必须以还要继续活下去为前提。"

朝比奈淡淡地说道。那由多不知道该对他说什么。肤浅的安慰只会让朝比奈觉得很空虚。

那由多和英里子互看了一眼。她一脸愁容，微微摇了摇头。她似乎为找不到拯救哥哥的方法感到无力。

"我搞不懂，为什么会这样？"圆华打破了凝重的沉默，"你刚才说，因为伴侣公布是同性恋者，导致遭到社会冷漠的眼光，为此烦恼不已，最后走上绝路。如果真的是这样，把他逼上绝路的并不是你，而是社会啊。"

朝比奈无法聚焦的双眼看向圆华，他的嘴角露出淡淡的笑容。

"果然很像年轻人的意见，单纯而正确。那我问你，假设有两个朋友想要建一栋同住的房子。其中一人希望住在海边，于是他们就在海边造了房子。那是一栋两层楼的房子，希望住在海边的人住在二楼，另一个人选了一楼。有一天，海啸来了，住在一楼的人被海水冲走送了命。剩下的一个人该恨海啸吗？不必为当初提出希望住在海边这件事感到后悔吗？"

"这个和那个……"

"一样。"朝比奈立刻说道，"有什么不同？"

"人类的力量无法阻止海啸发生，但只要每个人努力理解，就可以预防社会的偏见。"

朝比奈"哼"了一声。

"又是单纯而美好的意见。那我问你，这个世界上，哪个国家没有歧视？美国吗？还是英国？法国？我们日本呢？你能说就没有歧视吗？"

圆华没有回答，她应该无法断言"是"。

"虽然可以用法律禁止，"朝比奈继续说，"或许也可以让每个人口头宣誓，自己不会歧视他人，但这和那种肉眼看不到的，想要排除边缘人的力量是两回事。歧视并非只有恶整或是说坏话这种显而易见的方式而已，还有难以掌握的、无声而牢固的歧视。每个人内心对异类的微小嫌恶感，甚至连当事人都没有察觉的些微不协调聚集在一起，就会成为压倒性的恶意浪潮向我们袭来。这正是肉眼无法看到的海啸。我明知道有这种海啸，却太大意了，没有想到山姆会被海啸吞噬。"

朝比奈重重地叹息后，小声地说："是我杀了他。"

室内的空气变得很沉重，那由多为了逃避这种窒息感，改变了话题。

"刚才好像有人来找你谈工作？听说要委托你创作纪录片的主题曲？"

那由多尽可能用开朗的声音问道，但朝比奈并没有放松紧锁的眉头。

"我请他别再抱希望了，车轮少了一个，就无法再行驶了。"

"……车轮？"

"我和山姆，就像是车子的两个轮子。我能够创作乐曲，是因为有山姆，他能刺激我的脑细胞，打开我内心连我自己也不知道的秘密之门。山姆在乐谱上写下那扇门中涌出的旋律。从这个角度来说，他果然是我的影子写手。"朝比奈无力地摇了摇头，继续说道，"在他死去的同时，作曲家朝比奈一成也死了。"

那由多和圆华逗留了将近一个小时后离开。英里子和上次一样，送他们到门口。

"谢谢你特地来看哥哥。"英里子说。

"果然没有发挥任何作用。"那由多说。

"没这回事，"英里子摇着手，"哥哥在我面前从不会吐露这些心事，我认为哥哥很信任你。听哥哥说这些烦人的丧气话，你一定觉得很厌烦，希望你不要被吓到。下次有时间时，希望你再来看他。拜托你了。"

看到英里子深深鞠躬，那由多感到不知所措，因为他觉得自己根本没有发挥任何作用。

"那件事呢？"圆华戳了戳那由多的侧腹问，他这才想起那件事。

"对了，就是我在电话中拜托你的事，不知道能不能让我们看一下尾村先生的遗物？"那由多问。

"哦。"英里子从牛仔裤口袋里拿出钥匙和折起的纸，"我把公寓的住址写在纸上了，这是钥匙。"

"我先收下了。你说水电仍然可以用，对吗？"

"没错，我每隔两个星期就会去打开窗户，让房间透透气。"

"连这种事……你真的太辛苦了，那个房间要一直保留吗？"

"这就……"英里子偏着头，"之前联络尾村先生老家的人，请他们要搬走时联络我们一下。因为只有一把钥匙，但至今仍然没有接到他们的电话。尾村先生和家人疏远多年，或许他们也在为到底由谁接手这件事发生争执。"

"房地产中介没有说什么吗？"

"没有，因为房租都从哥哥的账户自动扣缴。"

"哦……"

之前听朝比奈说，他是尾村租公寓时的担保人。

那由多低头看着手上的钥匙。

"你说只有一把钥匙，那这把钥匙是尾村先生的吗？"

"不，是哥哥保管的钥匙，尾村先生的钥匙没找到。"

"不在遗体身上吗？"

"对，听警方说，发现遗体时，身上并没有背包之类的东西。警方说，即使打算自杀，也不可能空着手去登山，所以很可能是坠落时摔破了，然后离开了他的身体。"

"所以，还没有找到那个背包，钥匙可能就在背包里。"

"对。"英里子点了点头之后，语带迟疑地说，"警方还说，也许里面有遗书。"

"哦，原来是这样……"

警方的人在说这件事时，朝比奈一定也在场，所以他认为警方也认为是自杀，并非只是他的看法。

那由多再次向英里子道别后，和圆华一起离开了朝比奈家。坐上停在投币式停车位的车子，看着便条纸，设定了卫星导航系统。他们打算立刻去尾村的租屋处。

"那番说词很有说服力。"圆华幽幽地说。

"哪番说词？"

"海啸的比喻。他这么一说，我竟无法反驳。"

那由多看着圆华的侧脸说："真难得啊，你竟然会说这种话。和对方意见不合时，你向来不会这么轻易作罢。"

圆华看着正前方说："人是原子。"

"啊？什么圆子？"

"原子核的原子，构成物质的基本粒子。"

"原子怎么了？"

"曾经有人说，世界并非只靠一部分人在运转，乍看之下很普通，看起来也没什么价值的人才是重要的构成要素。即使每个人毫无自觉地活在世上，当成为集合体时，就会戏剧性地实现物理法则。人是原子——"

圆华说到这里，转头看着那由多。

"听到这番话时，我觉得这种想法很美。再怎么平凡的人，只要活在世上，就和社会的潮流休戚相关。但是，听了朝比奈先生刚才说的话，我的想法稍微改变了。社会并非总是朝好的方向发展，不自觉的偏见和歧视意识的聚集，也可能导致错误的潮流。"

"你是说，朝比奈先生不应该出柜吗？"

圆华轻轻摇了摇头：" 我不知道，所以才要调查啊。"她的一对凤眼注视着那由多。

"那倒是。"

那由多看向前方，发动了引擎。

7

尾村勇的租屋处只有客厅和卧室，也就是所谓的一室一厅。阳台位于南侧，只要拉开窗帘，阳光就会从大窗户照进屋内。姑且不论冬天，盛夏季节应该会很热。

"要从哪里开始着手？"圆华巡视室内后，回头看着那由多问。

"嗯。"那由多也打量着室内。因为英里子定期来这里，房间整理得很干净，而且原本就没什么家具，所以室内很清爽。听说尾村大部分工作都在朝比奈家处理，所以除了日用品以外，并不需要其他东西。

除了餐桌、椅子和放了液晶电视的柜子以外，就只有书架而已。书架上除了书籍以外，也放了文具等杂物。

"我负责这个。"那由多站在书架前，"要找什么东西？"

"当然是能够了解尾村先生最近心境的东西。"圆华回答，"最好能找到日记。"

"原来是这样，但现在还有人写日记吗？"

"所以我只是说最好能找到啊。"圆华说完，走进隔壁的卧室。

那由多从书架的角落开始打量，有与音乐相关的书籍。尾村似乎对古典音乐的历史有兴趣，也有许多与乐器相关的文献。

好几十本资料夹都是他整理的数据，应该是他兼任讲师时使用的教材。打开一看，发现有些地方写了字，是向学生说明时的方法。尾村不仅对朝比奈充满奉献精神，对学生似乎也一样。

那由多在这些资料旁发现了意外的东西——写真集。他抽出来一看，是男演员年轻时代出版的写真集，确认了版权页，上面印了二十年前的日期。

还有另外几本写真集，是其他男艺人和男歌手，都是相同时期出版的。

那由多完全能够理解，二十年前，尾村还不到二十岁。这些写真集上的人，都是尾村当时喜欢的偶像。就像其他青春期的男生会迷女性偶像一样，尾村也买了这些写真集，每天都欣赏这些偶像，之后又舍不得丢，所以就留了下来。

有一份像是简介的东西和那几本写真集放在了一起。那由多抽出来的瞬间，忍不住一惊。他怀疑自己看错了。

因为封面上印了一张熟悉的面孔。

那不是别人，正是那由多的脸，是他中学生时清瘦幼稚的脸，旁边是当时和他一起演电影的演员。

不需要看片名，他就知道是《冻唇》的简介。

那由多的手指放在边缘，想要翻开看内容的心情和不想看的心情各占了一半。他之前当然从来都没看过。

最后，他没有翻开，把简介放回原来的位置，但他不可能不在意，视线无法移开。

这时，他察觉到动静，一回头，不由得吓了一跳。因为圆华站在那里。

"你什么时候站在那里的？"那由多问。

圆华微微偏着头说："差不多五秒前，你有没有找到什么？"

"不，没有发现什么特别的……你那里呢？"

"有一件事让我有点儿在意。"圆华转身走去隔壁卧室。

那由多跟在她身后走了进去，卧室内除了床以外，还有一张办公桌，上面放了一台笔记本电脑，已经打开了。

"幸运的是，可能是因为一个人住，所以他没有设置密码。"
圆华的手指在触摸板上滑动时说。

"发现了什么？电子邮件吗？"

"我大致浏览了电子邮件，都是一些谈公事的内容，我想他平
时上社群网站或是收发私人信息，应该都用手机。"

"那你在意什么？"

"首先是这个，这是尾村最后使用的应用程序。"
圆华点选了播放和管理声音文件的软件。

"用这个软件最后播放的是这个声音文件。"
她点选后，笔记本电脑喇叭中传来沙沙的声音。

"这是什么声音？听起来好像雨声。"

"是啊，在这个之前播放的是这个。"
接着传来小鸟的啼叫声。可以想象到一片悠闲宜人的风景。
圆华结束了声音文件。

"你觉得怎么样？其他的声音文件都是普通的音乐。"

"搞不懂，无论雨声还是鸟啼声都不是什么特别的声音。"

"还有更让我在意的事。"
圆华打开了网站浏览记录的软件，点选了浏览器画面的一部
分，显示了竹由村这个地方一周的天气预报。
她又操作了触摸板，显示了浏览记录。

"你看，尾村先生去世的前一天，也造访了这个网站。这里保

存了三个月的浏览记录，他每个星期都会查一次那里的天气。"

"为什么？而且竹由村是什么地方？"

圆华一言不发，利落地操作触摸板和键盘，不一会儿，屏幕上就出现了地图，那由多看到了"竹由村"几个字。

"这里。"圆华指着画面的一部分，那由多看到那里写的字，忍不住倒吸了一口气。因为上面写着"银貂山"。

"就是尾村先生不幸身亡的那座山……"

"你不觉得很奇怪吗？即使他想要自杀，为什么还要关心天气？而且每个星期都在查天气。"

"虽然那座山并不算太高，但在登山前，还是会事先查天气情况……"

"如果想死的话，根本没这个必要吧？"圆华直视着他问，"不管是有暴风雨，还是下刀子，都没有关系啊。"

"你说的当然也没错，但我们不了解自杀者的心理，也许想要看了最棒的风景后再死。如果在找这样的时机，每个星期都查天气预报似乎也很合理。"

圆华听了那由多的话，想了一下后，缓缓点了点头。

"原来如此，原来在找时机。嗯，有这种可能。"

"你难得同意我的意见。"

"只是不知道他在找什么时机，未必是自杀的时机，所以有必要查清楚。"

"怎么查？"那由多问。

圆华露出纳闷的眼神，偏着头回答说："这不需要问吧？"

就在这时，对讲机的铃声响了。

"没想到这么快。"圆华说完，走出卧室。

"你找了谁来这里？"那由多对着她的背影问。他想起来这里时，圆华曾经在车上滑手机。

圆华没有回答他的问题，拿起装在客厅墙上的对讲机说："门没锁，你进来吧。"

不一会儿，就传来玄关的门打开的声音。一个女人的声音说："打扰了。"

走进屋内的是桐宫女士。这是那由多今天第二次见到她。刚才去朝比奈家之前，她送圆华到约定的地点。当时，那个叫武尾的男人也在。

"怎么样？"圆华问她。

"该问的人都问了。"桐宫女士从皮包里拿出记事本，"我可以坐下吗？刚才四处打听，腿都快断了。"说完，她在餐桌旁的椅子上坐了下来。

"四处打听？"那由多看了看圆华，又看着桐宫女士的脸。

"我请桐宫小姐去尾村先生兼任讲师的大学，"圆华坐在椅子上回答，"调查学校对尾村先生的评价。"

"什么评价？"

"我想确认在朝比奈先生出柜之后，有多少人知道尾村先生是同性恋者。假设很多人都知道，周围人对这件事是怎样的态度。

借用朝比奈先生的话来说，就是了解肉眼看不到的海啸是否存在。"

"海啸是什么？"桐宫女士讶异地皱起眉头。

圆华告诉她，朝比奈把周遭的人对边缘人的恶意比喻成海啸。

桐宫女士点了点头，打开了记事本。

"他的洞察很深入，那我就借用他的比喻，先说结论，并不是完全没有这种恶意的海浪。"

"大家用充满偏见的目光看尾村先生吗？"

"我找到四个选修尾村先生课的学生，他们都知道他是作曲家朝比奈一成的情人。虽然无法得知消息的来源，但应该是在社群网站上散布的。这件事当然在学生之间引起了讨论，网络上好像也曾经针对这件事，有一些充满恶意的留言，只是不知道尾村先生有没有看到。"

"学校方面的态度呢？"圆华问。

"根据我的调查，无法确认在朝比奈先生出柜前后，对尾村先生的待遇有什么变化，并没有学生拒绝上尾村先生的课，所以校方也没有视为问题。总之，无论是学生还是校方最近都没有提起这件事，即使真的有恶意的海浪，也难以了解是不是达到可以称为'海啸'的程度。当然，有些事只有当事人才知道，所以无法排除他在台面下深受折磨的可能性。我调查到的情况就是这样。"桐宫女士说完，合起了记事本。

"今天一天，你调查到这么多情况吗？太厉害了。"那由多露出佩服的眼神。

桐宫女士面无表情地耸了耸肩说："谢谢。"

"她有十张各种不同头衔的名片。"圆华说，"她很懂得利用这些名片，是搜集各种信息的高手。"

"我帮你的忙，你竟然这么说我。"

"我是在称赞你。对了，我最近要出远门，你要准备一下。"

"出远门？去哪里？"

圆华从肩背包里拿出手机，利落地操作后，立刻找出了目的地的图片。她把手机放在桌上说："就是这里。"

手机屏幕上出现了刚才的地图——显示银貂山位置的地图。

8

上午九点多，从登山口出发，原本计划一路爬到坠落现场，确认状况后立刻下山，但那由多还是不由得不安。因为他不知道圆华的腿力能撑多久，而且也无法保证不会迷路。虽然这座山连初次攀登的人都没问题，但体力差异还是会造成影响。

然而，看到圆华出现在集合地点时，那由多忍不住对她刮目相看。因为她的登山装备很齐全。崭新的登山服应该是新买的，背上的背包和登山鞋也明显是新的，头上的安全头盔也发出光泽。

和她同行的武尾乍看之下，完全就是登山家。他的服装和装备也全是新品，光是站在那里，就很有登山家的架势，并不光是因为体格很好。

虽然之前见了好几次，但圆华第一次正式介绍他。原来他叫武尾彻。那由多得知"武尾"原来是姓氏，不禁有点儿意外。

那由多问他是否有登山经验，他谦虚地小声回答说："有一点儿，因为以前负责护卫过一位喜爱登山的人士。"

那由多猜想，武尾是职业特勤保全，也就是所谓的保镖。圆华这么重要，需要由保镖来保护吗？

"虽然现在问这个问题很奇怪，你登山没问题吧？"圆华问那由多。

"我偶尔会去登山。"

圆华满意地点了点头说："我就知道。"

"为什么？"

"因为第一次在筒井老师的研究室见到你时，你穿了一件登山夹克，而且是很专业的登山夹克。我觉得很少有人只是为了防寒买那种衣服。"

那由多大吃一惊。听她这么一说，他想起当时可能穿了那件衣服。那是他为了冬天登山而买的衣服，但并没有穿那件衣服去登过山。他不禁为圆华敏锐的观察力和超强的记忆力钦佩不已。

桐宫女士没有同行，只是把圆华和武尾送到登山口而已，但她准备了宝贵的资料，那就是标示了尾村勇坠落地点，以及沿途的主要地点的地图。据说她在向当地警方提出登山计划时，谎称要向死去的尾村勇献花，顺便拿了这张地图。警方人员叮咛："请登山者务必不要靠近悬崖。"

登山路线有很多陡坡，但路面都比较宽，所以很好走。每到岔路，都会有标示，难怪初次登山的人也没有问题。

走了一个小时左右，有一座老旧的土地公祠堂，他们决定在旁边休息。那由多和圆华并排坐在横在地上的粗大原木上，武尾站在旁边，眺望远方。

"啊，累死了，现在走到哪里了？"圆华拿着水壶问武尾。

武尾拿出地图，摊在她面前。

"这个祠堂就是这里。"他指着地图上的一点说。

圆华皱着眉头："才到这里而已？还有一大半啊。"

"这只是直线距离，实际上恐怕还要走相当于刚才两倍的路。"

"真的假的？难以理解为什么有人喜欢登山。"圆华喝着水壶里的水，突然露出好像发现了什么的表情，对武尾说，"给我看一下。"她似乎在说地图。

圆华接过地图后，目不转睛地盯着看，双眼露出严肃的眼神。

"为什么要——"

那由多正想问她，她严厉地制止说："不要跟我说话。"

过了一会儿，圆华说了声："谢谢。"把地图交还给武尾，然后看着那由多问："对不起，你刚才想问什么？"

"没有啦……我原本想问，地图怎么了？"

"我关心的不是地图，而是这里的地形。这里的地形导致某些风向可能会产生奇怪的气流。"

"怎样奇怪？"

"当然要看地点，风可能会从上往下吹，也可能从下往上吹，要看当时的气象条件。"

"今天呢？"

"可能性很高，尤其是今天下午。"圆华说完，抬头看着天空，"也许尾村先生就在找会发生这种状况的时机。"

"时机？"

"他的浏览记录上不是有这里的天气预报吗？虽然不知道原因，但尾村先生很关心天气，所以我也选择和尾村先生登山的那天气压很相近的日子来这里。"

"就是今天吗？"

"对。"圆华点了点头。

"尾村先生在等你刚才说的，会吹奇怪的风的时机吗？"

"我只是这么猜想，但并没有把握。"圆华看了一眼手表后站了起来，"坐太久就会不想继续走了，加油吧！"

那由多也站了起来，跟在开始上山的圆华身后。她的脚步很有力，似乎展现了无论如何都要查明尾村死因的意志。

"你还真为父亲着想啊。"那由多走在圆华身旁时说。

"什么？"

"这一切都是为了羽原博士。因为博士想要采访朝比奈先生，所以你在帮他，不是吗？"

"没错。"

"既然这样，不就是为父亲着想吗？儿女通常对父亲的工作没有兴趣，觉得只要有一定程度的收入就好。而且羽原博士已经是成功人士，他继续追求更高的目标当然也很好，只是我很难想象他的女儿也愿意助他一臂之力。"

圆华突然停下了脚步。那由多转头看她时，发现她肩膀用力起伏，似乎在调整呼吸，但用冷酷的眼神看着他。

"你也许是在称赞我，但因为很多地方不符事实，所以恕我澄清。首先，我的确很尊敬我爸爸，也很爱他，如果有我力所能及的事，我也愿意帮他。但在羽原手法这件事上，并不是基于这种半吊子的想法。羽原手法足以影响人类的未来，有很多不解之谜，就连我爸爸也觉得或许是人类还不该踏入的领域。所以，只要有少许有助于解开不解之谜的启示，当然要用尽一切方法得到。不光是我爸爸，我也这么认为，所以必须让朝比奈先生振作起来。"

"朝比奈先生不是已经创作了很多乐曲吗？分析那些乐曲不行吗？"那由多说。

圆华做出投降的姿势，连连摇头，似乎觉得他搞不清楚状况。

"我爸爸想要知道的是他为什么会创作那种乐曲，想要了解过程。虽然我说是采访，但并不是提问后请他回答而已，我爸爸要调查朝比奈先生在作曲时，如何使用了大脑的哪个部分，这是比你想的更加根源性的问题，了解吗？"

那由多被她的语气震慑，身体微微向后仰，点了点头。

"我知道你不只是孝顺而已，也知道让朝比奈先生重新站起来有多重要。"

"那就够了。走吧。"圆华再度迈开步伐。

之后沿途高低起伏不断，有走起来很轻松的平坦山路，也有几乎用爬的陡坡。幸好有武尾为那由多壮胆。他随时跟在圆华身后，只要遇到她稍微感到吃力的地方，就立刻默默伸出手。

当他们走在一片榉树林中时，武尾在身后说："前面就是姬岩。"走在最前面的那由多停下脚步，回头看着他。

武尾拿着地图和照片走了过来。

"继续往前走，就到姬岩了。经过姬岩的左侧，沿着山脊继续往上走，就可以到达山顶，但尾村先生应该在还没到姬岩之前就往右走了。"

姬岩是穿越榉树林前的那片岩石区，听说附近有热门的景观。尾村是在那里走向和山顶不同的方向。

"快到了。"圆华说，"那就快走吧。"

她毫不犹豫地迈开步伐，那由多和武尾慌忙跟了上去。

穿越榉树林，视野突然开阔起来，山脊勾勒出缓和的曲线向山顶延伸。旁边竖着一块小型标示牌，继续往左走，就可以到姬岩。

"所以尾村先生是从这里往右走了。"那由多小声嘀咕。

"我先去看看。"武尾率先迈开了步伐。

前方的地面都是岩石，是缓和的下坡道，沿着前进方向的右侧微微向下倾斜，右侧是悬崖，左侧是山壁。

武尾停下脚步，转过头说："就到这里为止。"

那由多走到他身后。目前所站的位置大约两米宽，前方越来越狭窄。

武尾从口袋中拿出照片。

"没错，就是这里，应该就是从这个悬崖坠落的。"

"如果下雨导致地上湿滑就很可怕。"

那由多稍微走上前，正准备探头向悬崖下方张望时。

"退后。"圆华在后方说，"赶快回来，赶快！"

"啊？"正当那由多回头时，随着"呼"的一声，吹来一阵暖风，而且从斜上方吹来。瞬间刮起的强风推着那由多的后背，他差一点儿重心不稳。

正当他心想不妙时，右手臂被用力一拉。当他回过神时，发现自己已经趴在地上。武尾抓住了他的手臂。

"刚才……是怎么回事？……"他浑身都起了鸡皮疙瘩，冷汗也喷了出来。

"风在旋转。"圆华指着悬崖对面。那里是一座有点儿高度的山，满山都是红叶。"当对面那些树木向右摇晃时，差不多十秒之后，这里就会吹从上往下的风。如果向左摇晃，情况就相反。啊，又来了。"

几秒钟后，再度响起"呼"的声音，风从斜上方吹了下来。风力虽然没有刚才那么强，但那由多还是不敢站起来，只能爬着回去。

"别担心，暂时不会有风了。"

听到圆华这么说，那由多才站了起来："差一点儿……"

"我想得没错，这里是最容易产生复杂气流的地方。如果站在悬崖边，像刚才那样突然吹来一阵风，也许真的会坠落悬崖。"

"不知道警方知不知道这件事。"

"八成不知道。如果他们知道，一定会叮咛桐宫小姐要多注意风。风会随着季节和当时的气压状况发生不同的变化。"

"尾村先生也是因为风，才会坠落悬崖吗？"

"有可能，但是——"圆华偏着头，"如果是这样，尾村先生为什么要确认天气预报？他不知道有这种奇怪的风吗？"

"对噢……"

正当那由多小声嘀咕时，圆华"啊"地叫了一声："相反方向的风来了。"

"相反？"

那由多发问后，立刻有风从悬崖下方吹了上来，同时，不知道哪里传来了嗡嗡的声音。那由多和圆华互看了一眼。

"刚才是什么声音？"

"不知道。"圆华摇了摇头。

武尾指着悬崖前端说："应该是那里的悬崖下方传来的。"

"悬崖下方？为什么？"

圆华准备走过去查看，武尾抓住她的肩膀问："你想干什么？"

"那还用问吗？当然是去看看下面的状况啊。"

"太危险了。"

"我会小心，别担心。"

"不行。你等一下。"

武尾从自己的背包里拿出登山绳，把一端绕在圆华身上。

"这是什么？我又不是耍猴戏的猴子！"

"万一你发生什么意外，我就会失业。"武尾把登山绳的另一端绑在自己身上后蹲了下来，"现在可以了。"

圆华不满地嘀咕着，走向悬崖前端很狭窄的地方。她的脚步很轻快，完全不怕走在高处。

来到悬崖的前端，圆华探头向下方张望。她几乎已经站在悬崖边缘，光在一旁看也不由得提心吊胆。

"你要抓紧噢。"她转头对武尾说完，当场蹲了下来，向空中探出身体。

"哇，根本是乱来……"武尾慌忙拉紧登山绳，绑住他们两个人的登山绳拉成了一条直线。

风又吹了过来，再度传来和刚才相同的嗡嗡声，既像是地鸣，又像是巨大野兽的咆哮声。那由多看向圆华，发现她看着下方，微微点了点头。

那由多很好奇到底发生了什么事，战战兢兢地走过去。武尾对他说了声："小心点儿。"但说话的语气很冷静，因为即使那由多发生什么意外，他也不必担心失业的问题。

那由多弯下身体，小心翼翼地走上前，必须小心突然有风从上方吹下来。

他很快走到圆华身后问："有什么状况？怎么回事？"

"你探头看一下。"她注视着下方说。

那由多趴在地上，缓缓向前移动，很快就看到很深的山谷，但立刻被这片岩壁的险峻吓得倒吸一口气。从下方看上来，会觉得这片岩壁向外侧倾斜。

"从这里掉下去，真的就一命呜呼了。"

"你仔细看岩壁中间的部分，不是有好几个很大的凹洞吗？"

"啊，真的有。"

圆华说得没错，岩壁上有好几个巨大的凹洞。

"以我的观测，这几个凹洞的深度都超过五米，有这么多凹洞……啊！"

她说到这里时，突然住了嘴。下面再度吹来强风。

嗡嗡嗡嗡……嗡嗡……嗡嗡……嗡嗡——谷底回响着比刚才更巨大的声响。那是沉着而庄严、朴实又原始的声音。

"不需要我解释了吧。"声音平息后，圆华说，"下面吹来的风经过那些凹洞时，变成更复杂的气流，就会发出刚才的声音。这片岩壁是巨大的乐器，我们正站在乐器的正上方。"

那由多恍然大悟。

"尾村先生来这里该不会是为了听这个声音？"

"我们再去尾村先生家，"圆华说，"我要先确认一件事。"

9

在攀登银貂山一个星期后，那由多再度带着圆华去见朝比奈。英里子这天也在，所以就请她一起了解情况。

"朝比奈先生，我今天来这里，是因为有东西想要让你听一下。"

朝比奈听到那由多这么说，微微扬起下巴。

"真难得啊，是谁的乐曲吗？"

"不是乐曲，是声音。可以借用一下音响吗？"

"可以啊，你知道怎么用吧？"

"应该知道。"

那由多从皮包里拿出平板电脑，走向音响。他知道这里的音乐设备可以连接手机和平板电脑。

他打开电源，用传输线把音响和平板电脑连接起来。

"现在开始播放。"说完，他碰触了平板电脑。

不一会儿，喇叭中传来尾村笔记本电脑中的沙沙声音。

朝比奈露出讶异的表情。

"听起来像是雨声，这个声音有什么问题吗？"说完之后，他又偏着头说，"不对，不太一样，不是雨声，到底是什么声音？"

"太厉害了。我以为是雨声，原来你可以听出不是雨声。没错，这并不是雨声，请专业机构分析后发现，完全是不同的声音。"

那由多说的专业机构，是开明大学附近的数理学研究所，那里专门进行与数学和物理相关的各种研究。圆华说，她有人脉，可以送去那个机构分析。那由多每次都觉得她的背景充满了神秘的色彩。

朝比奈静静听了一会儿，终于摇了摇头。

"不知道，我没听过，是什么声音？"

"这是竹林。"那由多回答，"正确地说，是穿过竹林的风声。"

"原来是竹林……"朝比奈抱起双臂，再度做出洗耳恭听的架势，然后缓缓点了好几次头，"原来如此。我只有小时候在某个乡下的地方看过竹林，所以无法想象，原来每一根竹子摇晃的声音结合起来，听起来就是这种感觉。嗯，很棒的声音。谢谢你带了这么棒的声音给我听，整个心灵都好像得到了洗涤。"

"其实还有其他声音。"

那由多操作平板电脑，关掉竹林的声音后，又选择了其他的音源。

"接下来是这个。"

喇叭中传来鸟啼声。和竹林的声音一样，都是尾村笔记本电脑中的声音文件。

"是鸟叫的声音，"朝比奈说，"虽然不知道是什么鸟，但声音很好听。这个声音也让人感到心情平静。你今天为我带来了'声音'的礼物。"

"没错，但搜集这些声音的并不是我，这是尾村先生的电脑中留下的声音文件。"

"山姆的……"朝比奈的表情带着忧愁。

"而且，这些声音并不只是为了达到疗愈效果，这个鸟啼声也一样。再等一下，就可以听到其他声音。"

鸟在继续啼叫，不一会儿，传来几乎淹没鸟叫的声音。那是嗖嗖的强风声音。沙哇沙哇沙哇的声音应该是草木在摇动。

"这应该是在某个平原录的声音，和刚才的竹林声一样，尾村先生想要录的应该不是鸟啼声，而是风声。"

"风……"朝比奈皱起眉头，"为什么要录风的声音？"

"还有另一个声音想让你听一下。"

那由多操作了平板电脑，立刻听到了声音。

嗡嗡嗡嗡……嗡嗡……嗡嗡……嗡嗡嗡——就是那个声音，在银貂山的岩壁响起的巨大声响。

"这是什么声音？"朝比奈露出严厉的神情，"这也是风声吗？"

"没错，这是银貂山的风声。"

"银貂山。"朝比奈嘀咕了一声，但他的声音被喇叭中传出的声音淹没了。

那由多关掉了音响，拆下了平板电脑。

"我上周去了银貂山，查看了尾村先生坠落的现场。"

那由多告诉朝比奈，那里的悬崖很狭窄，地形复杂，会破坏气流，而且会吹起强风，强风造成了刚才的声响。

"原来那个地方有这样的声音……"朝比奈缓缓摇了摇头，"大自然的力量真是太惊人了。"

"没错，就是大自然的力量。这就是重点。"那由多回到朝比奈面前，"你不是接受委托，要为纪录片创作主题曲吗？我通过英里子小姐，向音乐制作人询问了详细的委托内容。那个节目的名称就是'生生不息的地球'，节目的内容是报道地球上各种地方的大自然的惊人力量。音乐制作人提出的要求是，希望你创作能够感受到大地母亲呼吸的乐曲,希望乐曲的名字是'大地的呼吸'——是不是这样？"

朝比奈轻轻点了一下头：："对，没错。"

"尾村先生也知道委托的内容吧？"

"对，他知道。因为在开会讨论时，山姆也在场。一直以来都是这样。"

"请问你听了委托内容后，有什么想法？"

朝比奈抱着双臂，发出了低吟。

"我觉得对方的要求很难，大自然是我最不擅长的领域，尤其无法想象大地到底有多辽阔。因为我很年轻的时候视野就开始缩小，所以没有关于广阔风景的记忆，即使努力想象，也远离现实。"

"你有没有和尾村先生谈过内心的这些烦恼？"

"当然有啊，因为山姆是唯一可以和我讨论的人——"

朝比奈说到这里,突然恍然大悟地住了嘴，他的脸颊渐渐僵硬。

"你怎么了？"

"刚才的三个声音……可以再让我听一次吗？"

那由多和身旁的圆华互看了一眼，不约而同地点了点头。

"可以啊。"那由多拿着平板电脑站了起来，和刚才一样，连在音响设备上。

他依次播放了竹林、平原和银貂山的风声，朝比奈好像冻结般一动也不动地竖耳细听。声音消失后，他仍然坐着不动。那由多静静地等待他开口。

"他……"朝比奈的嘴唇终于动了，"他……山姆……想要解决我的烦恼吗？为了能够让无法感受到大地呼吸的我顺利想象大自然的惊奇，录下了这些声音。"

那由多重重地吐了一口气。

"这是唯一的可能。"他说话时很用力，"吹动竹林的风声、穿越平原的风声，以及从岩壁下方吹上来的风声。尾村先生努力搜集这些声音，搜集大地的各种呼吸声。他一定认为你听到这些声音后，或许可以抓到某些灵感。"

"山姆……他不是自杀吗？"

"不是，有根据可以证明。"那由多再次播放了银貂山的轰隆声响，"其实这个声音并不是我们录的，而是用了几个关键词，在网络上找到后下载的。一位登山爱好者上传了这个声音文件。看了他写的文字后，我不由得大吃一惊。因为他形容这个声音'宛如大地的呼吸'。除此以外，还发现另一件值得惊讶的事，他说最近有人询问他可以听到这种声音的气象条件和详细地点，那个人的昵称是'山姆'，我认为应该就是尾村先生。"

"山姆……"

"根据我的推理，尾村先生正在寻找可以想象'大地呼吸'的声音，在录了吹过竹林的风声和穿越平原的风声之后，还想要录其他的声音。他上网查了'大地的呼吸'后，发现了银貂山的巨大风声。尾村先生听了之后，打算亲自去那里录音。但是那个地方很危险，强风会突然从意想不到的方向吹来。我相信尾村先生为了录到更清晰的声音，太靠近悬崖前端了，结果背后吹来一阵风，他就坠落了——这是唯一的可能。目前仍然没有找到尾村先生的行李，但我猜想录音器材一定掉在某个地方。那些器材录下了'大地的呼吸'。"

那由多无法克制自己的语气变得兴奋，即使在说话的同时，他仍然对这些内容感到惊讶。

"最后还有一件最重要的事。"那由多说，"昵称叫'山姆'的人在发问时，最后说了一句话，他想让心爱的人听到这个声音。"

朝比奈原本僵硬的脸突然皱了起来，他紧闭双唇，但无法克制的呜咽从他嘴唇的缝隙中渗了出来。

"啊，我竟然完全误会了，我还以为山姆背叛了我，抛下我，逃离了这个世界。我真是太愚蠢了，我真是太笨了。"

朝比奈双手抱着头，露出痛苦的表情。泪水从他的眼中流了下来，发出"呜噢噢噢噢……呜噢噢"好像吠叫般的哭声。

那由多被他的样子震慑，说不出一句话。他从来没有看过一个大男人不顾他人眼光，在别人面前放声大哭。

朝比奈哭喊了一阵子后，低着头，一动也不动。那由多仍然不知道该说什么，圆华和英里子也都没有说话。

朝比奈终于抬起头，他的表情很平静，嘴角露出淡淡的笑容。

"工藤，"他叫了一声，"你果然和我想的一样，你真正理解我们，也是我们的救世主。"

"不，哪有……"

"谢谢你。"朝比奈向他伸出右手。

那由多深呼吸后，握住了他的手。

10

那由多和圆华离开朝比奈家时，英里子像往常一样送他们到门口，她当然也表达了感谢。

回到车上，坐在驾驶座上，那由多忍不住哼着歌。他哼的是朝比奈作曲的《my love》的旋律。

"你好像心情很好。"身旁的圆华说。

"那当然啊，一切都很顺利，已经好久没有这么畅快了。朝比奈先生刚才的身影打动了我，我真的超感动。"

"真的吗？"

"对啊。"那由多回答后，转头看着副驾驶座，发现圆华露出怀疑的眼神看着他。

"你真的很感动吗？"她又问了一次。

那由多皱着眉头。

"真的啊,我为什么要说谎?还是你无动于衷?"

"不,没这回事,我一直都很感动,从知道尾村先生为什么去银貂山之后,就一直很感动。"

"我也一样。我们当初在推理的时候,我不是就说了吗?尾村先生为了朝比奈先生,一个人去那么危险的地方录音实在太厉害了。而且我说了好几次,你忘记了吗?"

"我没忘记。你的确说他很厉害。"

"对嘛。"

"但你也只是说他很厉害而已。"

那由多的身体转向她的方向:"你到底想说什么?有话就说清楚。"

圆华垂下双眼,似乎思考了一下,然后再度注视着那由多说:"你并不是感动,而是很惊讶,而且感到很佩服吧?"

"啊?"圆华问了一个意想不到的问题,那由多感到有点儿不知所措。

"我在问你,你面对自己无法理解的心理,只是感到惊讶而已吧?"

那由多摇了摇头说:"没这回事。"

"既然你说很感动,那你说说,是对什么产生了感动?"

"对什么感动,当然是尾村先生对朝比奈先生的……该怎么说,他们的心心相印,或者说感情吧。"

"心心相印，感情。"圆华重复了他说的话，"还有呢？"

"还有？"

"为什么？"她偏着头，"你为什么不说是爱？"

那由多忍不住一惊，一阵刺痛掠过内心深处。

"不，那个……你说为什么，其实也没有特别的理由。"

"那不是爱吗？你不愿意承认那是爱吗？"

"没这回事，我认为那也是爱。所以……我对他们的爱很感动。这么说也没问题。"那由多对自己说话结结巴巴的感到烦躁，忍不住大声地说，"你是怎么回事？措辞根本不重要，要怎么说，是我的自由。"

"不，很重要。"圆华说话的语气很平静，和那由多呈现明显的对比，"如果这一点不说清楚，那么辛苦就白费了，解开尾村先生的死亡之谜也失去了意义。"

"啊？"那由多张大了嘴，"你调查尾村先生的死因，不是为了你的父亲，为了羽原博士的研究吗？让朝比奈先生重新振作，是为了调查他在作曲时的大脑情况——"

圆华在中途开始摇头。他没有继续说下去。

"难道不是吗？"

"对不起，不是那样，那是我骗你的。"

"骗我的？"

"说朝比奈先生的乐曲对羽原手法特别有效是骗你的，是我编出来的。"

"你说什么？喂，这到底是怎么回事？"那由多抓着圆华的肩膀，"你骗了我吗？有什么目的？"

"这是有原因的。"

"什么原因？"那由多摇晃着她的身体。

圆华皱着眉头说："好痛，放开我。"

"你给我说实话，给我说清楚。"

"我会说，我会说啦——"

驾驶座旁的门突然打开了，那由多大吃一惊，正想回头看时，手臂和肩膀被人一把抓住。他感觉到一股巨大的力量在拉扯自己，随即整个人被拖到车外。他完全不知道发生了什么状况。

有人站在他身旁，是身穿西装的武尾。

"住手，我没事。"圆华说，"你回车上去。"

武尾默默地点了点头，立刻坐上了停在一旁的轿车。桐宫女士坐在驾驶座上。

"他们什么时候……"那由多坐在地上嘀咕。

"我不是说了吗？我随时都在他们的视线范围内。"

"你……到底是谁？"

"比起这个，你不是还有其他事想问吗？"

"没错。"那由多站了起来，拍了拍屁股，"你为什么要说谎？还骗我说是为了研究。"

"因为我觉得如果我不这样说，你就不愿意配合。如果你知道我真正的目的，一定会反弹。"

"我会反弹？你的真正目的是什么？"

圆华舔了舔嘴唇说："让工藤那由多变回工藤京太，这就是我最初的目的。"

11

圆华说要换个地方，他们去了附近的公园。这个公园内没什么游乐设施，感觉很冷清。公园内没有小孩的身影，应该不光是非假日的关系。沙坑附近有长椅，他们一起坐了下来。

"我看《冻唇》时，感到很震撼。"圆华说了起来，"正如评论家大肆称赞的那样，我认为这部出色的电影探讨了人类的本质。用惊人的耽美影像刻画了一群认为无关年龄、性别和身份地位，只追求巨大的快乐和爱情的人。但是，过了一阵子之后，我开始在意一件事，我开始在意主角。不，不对，我不是在意主角，而是在意饰演主角的少年——那个名叫工藤京太的童星。我整天在想，他是带着怎样的心情在演这出戏，他在演这个角色时，内心被怎样的想法支配。这些疑问在内心渐渐膨胀。因为那个角色沉溺于性爱，最后甚至成为同性恋。通常不是会认为，十三岁的少年演这样的角色难度太高了吗？"

"我当时什么也没想。"那由多说，"我脑袋一片空白，只是按照导演的指示表演、说台词，内心完全没有任何想法。"

"但是，在演完那部电影之后，在你内心留下了某些东西吧。"

"没有。"那由多不假思索地回答，"什么都没有留下。"

"是吗？既然这样，你为什么不愿回想？"

"呃……"

"当我向你打听甘粕才生时，你不是说，你不愿回想那部电影的事吗？如果什么都没有留下，应该不会有这种想法。"

那由多低吟了一声，他着急地想要反驳，却想不到要怎么说。

"听到你那句话时，我不由得想，啊，原来这个人也是牺牲品。"

"牺牲品？"

"甘粕电影的牺牲品。"圆华说，"甘粕才生虽然是天才，但大家都知道他对演员用过即丢。为了作品，他可以满不在乎地牺牲演员的将来，也根本不在意会毁了演员的人生，所以我觉得你可能也一样。"

那由多瞪着圆华："我的人生并没有被摧毁。"

"嗯，你的人生很出色，这一点我承认，但你内心的疙瘩并没有消除，所以才会拒绝朝比奈先生。"

"拒绝？"那由多忍不住尖声反问，"我什么时候拒绝他了？"

"他信任你，想要依赖你时，你不是逃避了吗？说他太高估你了，如果是平常的你，一定会设法伸出援手，不是吗？"

"平常的我？"那由多冷笑一声，"别说得好听，你了解我什么？"

"我自认对你有一定程度的了解，因为我们认识也很久了，而且我也发现了你对朝比奈先生他们的偏见。"

"你说什么！"那由多的声音中带着怒气，"你再说一次看看！"

"要说多少次都可以，你对朝比奈先生他们有偏见，说得更清楚些，就是嫌恶，你憎恨同性恋者。"

"没这回事。"

"既然这样，为什么你那么讨厌他把你当成同类？如果没有偏见，这种误会根本无所谓。"

那由多无言以对，咬着嘴唇。

圆华说对了。他的确排斥朝比奈和尾村的关系，也无法否认当他们知道那由多是《冻唇》的少年后，表现出比之前更亲切的态度时，让他感到不悦。

"怎么样？"圆华问。

那由多调整好呼吸后，看着她的眼睛说："即使是这样，那又怎么样？要告我侵犯人权吗？每个人的内心都有扭曲的部分，你也不是十全十美。"

圆华眨了几次眼睛，然后注视着那由多，吐了一口气："……太好了。"

"啊？"

"你承认自己内心有扭曲的部分，那就太好了。也许前进了一步，这样就有脸见那个人了。"

"有脸见那个人？什么意思？"

"因为那个人的心愿，就是希望可以拯救你。"

"那个人是谁？"

"我正在找的人，我不是向你提过吗？那个人比我更担心饰演《冻唇》主角的那个童星的未来，担心他的内心留下了创伤。那个人说，如果那些创伤还没有愈合，就必须伸出援手。无论他迷失在哪一条路上，都要协助他回到正途。"

"我并没有……"

他原本想说"我并没有迷失"，但被圆华注视的眼神震慑，什么话都说不出来。

"所以，"圆华继续说了下去，"得知朝比奈先生的事时，我就决定和你一起调查尾村先生去世的真相。虽然我没有自信一定可以查出真相，而且查到最后，可能会发现他果然是自杀，不过，这并不重要，重要的是你能不能稍微体会一下朝比奈先生他们的心情。但是，听你刚才这么说，我稍微松了一口气。因为如果是之前的你，应该不会承认对朝比奈先生他们有偏见。"

那由多摸着额头。他内心一片混乱，就像是一直埋藏在内心深处不愿面对的黑暗，突然被摊在阳光下。

圆华沉默不语。她似乎理解了他的混乱，等待他的混乱平静下来。

"的确，"那由多深呼吸后，小声地说，"刚才看到朝比奈先生哭的时候，我的心情很复杂，觉得好像碰触到自己一直躲避的世界。虽然当时我不太了解那是怎么回事，但现在清楚地知道了。"他放下摸着额头的手，注视着圆华的脸继续说道，"那是爱，我应该碰触到他们的爱了。"

"既然你已经发现，就代表已经没问题了。"圆华打开放在旁边的皮包，从里面拿出一个扁平的四方形盒子，"这个给你。"

那是DVD，"冻唇"两个字很显眼。

"我不会详细询问那部电影在你内心深处留下了什么严重的创伤，但是，我希望你有机会可以看一看。不能因为痛苦，就不愿面对过去。"

那由多一言不发地接了过来。

"我也说过，你的演技很出色，但是——"圆华露出迟疑的表情后继续说了下去，"但是，那并不单纯是演技吧？朝比奈先生他们并没有误会，这不可能瞒过他们的眼睛。你真的是……同性恋吧？"

那由多倒吸了一口气，注视着圆华的脸。圆华并没有移开视线，她的双眼发出强烈的光，好像在说：事到如今，不允许你再掩饰。

"什么时候，"那由多问，"你什么时候发现的？"

"看电影的时候，我隐约有这种感觉。第一次见到你，想起你就是那个少年时，凭直觉确信就是这么一回事。我们不是曾经在滑雪场附近的饭店同住一室吗？当时，我之所以觉得无所谓，是因为我觉得你应该对女生没兴趣。"

"啊！"那由多叫了一声。听圆华这么一说，他想起的确有这件事。

"但是，你刻意想要隐瞒，所以我也就没提。刚才我说你对朝比奈先生他们有偏见，正确地说，是憎恶，是对同类的憎恶。我没说错吧？"

那由多看着 DVD 上的电影名，点了点头说："也许吧。"

"人生在世，会受到很多束缚，"圆华说，"希望你有朝一日，可以获得解脱。"

她的话渗进了那由多心里，他很坦率地对她说："谢谢。"

"再见。"圆华站了起来，转身走向停在公园外的轿车。

轿车的后车门打开，武尾下了车。

圆华对那由多挥了挥手，就上车了。

12

那由多打开光盘匣，把光盘放进去后，却忍不住停下了手。只要把光盘匣推进去，就会自动播放。

电影《冻唇》就会出现在液晶屏幕上。

那由多不由得深呼吸。他想起圆华的话，不能因为痛苦，就不愿面对过去——

那由多认为她说得对，回想起来，自己一直在逃避，高中时也一样。他当时只是觉得烦躁，觉得为什么自己会遇到这种事，却不愿正视过去发生了什么事。

他一直觉得，这部电影代表了自己黑暗的过去。

但是，不光是影像，有关这部电影的所有记忆，都在内心投下了漆黑的影子。那由多自己也意识到了这一点。

尤其是那天晚上。

完成所有拍摄工作的那一天，也就是所谓杀青的那天晚上举行了庆功宴。地点是在外景地乡村的小旅馆内，演员和工作人员都参加了，那由多当然也参加了。

但是，担任他经纪人的母亲那天并没有陪同。因为那天早上母亲突然有急事，一个人先回家了。一名工作人员会在隔天把那由多送到离家最近的车站。

对那由多来说，那场庆功宴并不好玩。周围都是大人，没有人和他聊天。在拍摄期间，他也只和导演甘粕说过话。

他独自喝果汁时，一个男人在他旁边坐了下来。那是姓水城的电影制作人。在电影开拍之前那由多和水城说过话，母亲告诉他"那是比导演地位更高的人"，所以他很紧张。

水城称赞了他的演技。"这部电影如果没有你，就拍不成了。因为有你，这部电影有可能成为出色的作品。"那由多听了这些话，天真地感到高兴。

"演了之后，有什么感觉？你内心的某些东西是不是觉醒了？"

那由多被他这么一问，感到很慌乱，觉得他似乎看透了自己的内心。

虽然他忘我地按照甘粕的指示演戏，但不能否认，自己赞同主角的某些部分。他发现自己内心有这个部分时，感到不知所措。

回想起来，甘粕可能在工藤京太这个童星身上，看到了这样的素质。

那由多沉默不语。水城探头看着他的脸说："一定觉醒了。你内心具有和这部电影的主角相同的资质，而且受到了刺激，否则不可能发挥出那样的演技，对不对？"

他无法回答"不对"，在无奈之下，只能回答："有一点儿。"

水城满意地点了点头。

"我就知道，但这没什么好难为情的，曾经被视为高尚的兴趣。人生就要好好享受，我很享受，两种都是。"

那由多点了点头，但完全不知道水城为什么对他说这些，也不知道他说的"两种都是"到底在说什么。

宴会结束后，那由多正准备回房间休息，水城再度叫住了他，说有事想和他聊一聊，要不要去他房间继续聊。

那由多虽然很累，但他不敢拒绝。因为对方是地位最高的人。

当房间内只剩下他们两个人时，水城开始喝啤酒，而且邀那由多也一起喝啤酒。

"喝点儿啤酒没关系，凡事都要试一下，演员更需要累积各种经验。"

那由多还是无法拒绝。他跪坐在那里，看着水城为他倒啤酒。

那不是他第一次喝啤酒，他从来不觉得好喝，当时也完全搞不清楚是什么味道。但因为紧张，他觉得口干舌燥，所以就咕噜咕噜接连喝了下去。

"你酒量很好啊，真有出息。"水城开心地继续为他倒啤酒。

之后的事,他就记不太清楚了。当水城说演艺圈和演技的事时,他只是附和着,但中途之后就失去了记忆。

原因很清楚,因为他醉了,所以就睡着了。

当他醒来时,发现房间内一片漆黑。他躺在被褥上,完全不知道刚才发生了什么事,只记得做了好几个噩梦。他头痛欲裂,很想呕吐。他猜想是因为这个,所以才会做噩梦。

他随即听到了鼾声。有人睡在自己旁边,而且是个成年男人。

他突然感到害怕。噩梦——那真的是噩梦吗?

当他发现自己一丝不挂时,惊讶得几乎停止呼吸。噩梦中,有人脱了他的衣服,摸遍他的身体,还亲吻他的嘴唇。断断续续回想起的噩梦渐渐有了真实感。

他全身不停地颤抖,隐约看到自己的衣服杂乱地丢在榻榻米上。他想伸手拿衣服,但身体却不听使唤。

他好不容易把衣服抓了过来,穿上内裤。全身仍然颤抖不已,他双手抱着其他衣服,没有穿拖鞋,就离开了房间。

回到自己的房间后,他冲进厕所。因为他感到一阵强烈的反胃,他对着马桶狂吐,不停地告诉自己,那是梦,全都是梦。

13

刚进入十二月不久，就接到朝比奈的电话，说新曲已经完成，请他去听一下。虽然他说自己根本不了解乐曲的好坏，但朝比奈说，那也没关系，希望他去听一听。他答应后，立刻驱车前往。

朝比奈的气色很好，动作也很利落，坐在隔音室弹钢琴的身影，看起来比之前年轻了十岁。

朝比奈演奏的乐曲充满了雄壮而优雅的旋律，完全就是"大地的呼吸"。当朝比奈弹完后，那由多忍不住鼓掌。

"不知道你喜不喜欢？"朝比奈问。

"我觉得很棒。我相信尾村先生也一定很高兴。"

"听你这么说，我就放心了。这一切多亏了你，我要再次向你道谢。谢谢你。"

"不，你太客气了。对了，"他从口袋里拿出一张名片，"我印了新的名片，可以给你一张吗？"

"名片？没问题啊。"

他走到朝比奈身旁，把名片放在朝比奈手上。

"哦，还有盲文。"

"对，因为视障者也可以成为针灸师，希望他们也可以有兴趣。"

"原来是这样。"朝比奈用手指尖抚摩着名片，偏着头"咦"了一声，"上面好像写着工藤……京太。"

"没错，以后我要用这个名字。"

"是噢。"朝比奈点了点头，笑着说，"很好，我也赞成。"

"太好了。"

那由多离开朝比奈家，在走回车子的路上，用手机看网络新闻。因为他想知道坂屋参加跳台滑雪比赛的结果，但先看到了新闻快报的内容，忍不住停下脚步。

电影制作人水城义郎死亡。根据报道的内容，水城在 D 县赤熊温泉散步时，吸入硫化氢中毒死亡，报道中并没有写明是他杀还是意外。

是上天的惩罚吗？还是有人为自己报了仇——

工藤京太再度迈开了步伐。他觉得今晚或许可以看《冻唇》了。

·第五章——魔力的胎动·

1

"体重六十千克的成年人，体内总计有一百二十克钾，请计算体内辐射量——这样可以吗？"青江修介整个人倒在椅背上，隔着玻璃窗看着冬日的蓝天问。

但是，身旁的奥西哲子没有回答。青江转头看着她，发现她一脸不悦地偏着头。

"你不满意吗？"

奥西哲子推了推黑框眼镜，皱着眉头看向他。

"这题目会不会太简单了？"

青江噘着嘴，摇了摇头。

"没关系啦，这是送分题，如果不让他们在这里赚点分数，会有很多人不及格。原本就有很多学生说环境分析化学的学分很难修，所以没什么人选这堂课。"

奥西哲子叹了一口气，把手放在笔记本电脑的键盘上："附注只要写阿伏伽德罗常量就够了吧？"

"也附上钾 −40 的存在率和半衰期。"

"既然是修这门课的学生，应该知道这些。"

"可能有人记性特别差呢？"

"你还真是好心。"奥西哲子语带讽刺地说完，开始敲打键盘。

青江再度看向窗外。今天的天气真的很不错，是典型的冬季气压，东京天气这么晴朗，日本海附近可能下雪。根据天气预报显示，今年冬天会难得地很寒冷。东京往年都会到初春才会下雪，但今年可能新年过后就会下雪。

时序已经进入十二月，研究室的学生和研究生都去上课了，于是他们利用这个时间，准备一月考试的考卷。

"完成了。"奥西哲子的话音刚落，电话铃就响了。是桌上的市内电话，从铃声可以判断，是外线打来的。

奥西哲子接起电话后，"喂"了一声。因为她奉命不能随便报上研究室的名字。

"……对，没错……他在。不好意思，请问你是哪位？"奥西哲子将身体转向青江的同时问道，然后又皱着眉头"啊"了一声。

青江有一种不祥的预感。朋友都会打他的手机，如果是出入这里的工作人员或是与大学相关的人，这位女助理不可能露出这样的表情。

奥西哲子用手捂着电话，把电话放了下来。

"谁？"青江问。

"D 县警一位叫室田的先生。"奥西哲子一脸困惑的表情说。

"啊？D县警？为什么找我？"

"他说有事想要请教你。"说完，她递上了电话。

"请教？"青江接过电话，暗自思考着。他完全不知道对方是谁。他的朋友中没有人姓室田，至于D县，他只在学生时代去过一次而已。

他清了清嗓子，接起了电话："你好，我是青江。"

"啊，你好。"对方说话很大声，青江觉得耳朵都痛了，"不好意思，在你百忙之中打扰。我是D县警察总部生活安全部生活环境课的室田。"

"哦……"光听对方报上名字，青江也不知道该如何回应。

"我从J县警那里得知了你的姓名和电话。教授，你在三年前协助过J县警，对吗？"

"J县警的话……"听对方这么说，他想起一个地名，"是灰堀温泉的事吗？"

一旁的奥西哲子微微瞪大了眼睛，她听到这个地名，当然不可能无动于衷。

"没错，没错，"室田兴奋地说，"听J县警的人说，教授当时帮了很大的忙。"

"我并没有帮什么忙。"

"不不不，我听说如果没有教授协助，全村可能都要封闭。你不仅提供了宝贵的建议，还避免了更多人受害。"

"只是巧合而已。先不谈这个……请问你找我有什么事？"

"就是我们刚才谈的事，我们也想请教授提供协助。"

"你的意思是？"青江内心吹起不祥的风。刚才的不祥预感并不是杞人忧天。

"今天在这里的赤熊温泉发生了一起意外，一名男性在散步时，因为硫化氢造成中毒死亡。为了查明原因，同时研拟今后的预防对策，想请教授提供协助。"

挂上电话后，青江向奥西哲子说明了情况，她的眉头渐渐锁了起来。

"温泉地又发生了这种事吗？还是没有吸取那一次的教训。"她语带忧愁地说。

"当地人应该都知道，只是外来的观光客并没有认识到火山气体的危险性。当地居民也不了解观光客这么无知，以为他们当然会知道，但是，这次一定要广泛宣传，让大家都知道。"

奥西哲子听了青江的话，眼镜后方的双眼亮了起来。

"所以，你又要去意外现场吗？"

"没办法啊，预防这种事的发生，也是我们的工作。"

"研究室……要怎么办？"

"就交给你了，这次我一个人去。"

"是吗？"奥西哲子说完，垂下眼睛，然后再度注视着青江说，"希望只是单纯的意外。"

青江深呼吸后点了点头："是啊。"

他的脑海中回想起三年前的几个情景。

2

三年前——

青江和奥西哲子一起搭电车前往 J 县，协助调查灰堀温泉村发生的一起硫化氢中毒意外事件，但并不是县警请求他协助，而是 J 县自然保护课一位姓摄津的男职员。

青江他们和摄津见过面。一年三个月前，他们交换了名片。因为当时青江打算在国内几个温泉地调查硫化氢气体的状况，灰堀温泉是他当时挑选的温泉地之一，曾经请摄津带路。

"原来有人踩进了那片溪谷。"青江操作着平板电脑嘀咕着。平板电脑上显示了这次意外现场的详细地图，旁边放着之前调查结果的报告。他比对之后，发表了自己的感想。

"那里是危险地点吗？"坐在对面的奥西哲子问。

那是面对面的四人座位，但因为车上没什么人，所以只有他们两个人坐。

"是极其危险的地方，你不记得了吗？在有很多温泉饭店的村庄不远处，有一个温泉水流动的溪谷。"

奥西哲子露出思考的表情后，点了点头说："哦，我想起来了，那里的硫化氢浓度很高。"

"平时的话比较没问题，但冬天下过雪之后，溪谷会被雪覆盖，表面看不出来，但其实内部形成了空洞，充满了硫化氢气体，一旦踩下去就惨了。掉进溪谷后，只要吸第一口气，马上就会昏过去。"青江盯着平板电脑，微微偏着头，"我当时就提醒摄津先生他们要格外小心，他们为什么没有采取对策……"

"可能太大意了。"奥西哲子用冷淡的语气说，"因为之前从来没有人发生意外，就以为之后也不会发生——这种情况很常见。"

"但是，悲剧还是发生了，不知道当地人如何看待这件事。"

他们在转车的车站下了车，搭上了前往灰堀温泉村的电车。电车上没什么人，巡视车厢内，除了青江和奥西哲子，只有几名乘客而已。

抵达灰堀温泉车站，意外地发现还有两名乘客也一起下了车。一个是身材微胖的白发男人，另一个是气质优雅的女人。经过验票口时，那个男人用欢快的语气问青江："你们来观光旅行吗？"

青江犹豫了一下，但觉得如果说谎，之后可能会有麻烦，而且一旦回答是来观光，就会被误以为他和奥西哲子是夫妻，不知道奥西哲子会怎么想。于是，他老实回答说，是来这里工作。

"哦？是这样啊。"白发男人眨了眨眼睛，"来这种地方做什么工作？……"说到这里，他在自己面前摇了摇手，"对不起，我很好奇，因为毕竟刚发生了那起意外。"

"你知道意外的事？"

对方听到青江这么问，用力点了点头："当然知道。不瞒你说，昨天晚上，接到了预约旅馆的电话，说这里发生了那样的意外，警方要求他们旅馆自行斟酌是否继续营业。如果我要取消，他们会将费用全额退还给我。所以我就和我太太讨论，因为我们期待了很久，而且也配合这次旅行请了假，于是觉得只要小心点儿，应该不会有问题，最后还是决定来这里。对不对？"

男人征求身旁妻子的同意。她也露出淡淡的笑容，点了点头。

"原来是这样。"青江点头时暗想，这也是两个大意的人，所以才会有人发生意外。

"我们是从东京来这里，调查这次的意外。"

"是吗？所以你们是哪家公家单位的人吗？"青江的回答似乎激发了白发男人的好奇心，所以他有问不完的问题。

"老公！"他太太在一旁制止，"你这样打破砂锅问到底很失礼。"

"啊，那倒是。真是不好意思，因为还是很关心那起意外。"男人赔着笑说道。

"没关系，我们在大学做研究工作。"

"哦。"男人的嘴巴挤成圆形，"研究……"说到这里，他害羞地苦笑起来，在自己面前摇着手说，"对不起，我不再多问了。"

他原本似乎想问研究的内容，幸好放弃了。如果听到"地球化学"这几个字，搞不好又会问其他问题。

走出车站，眼前一片白雪茫茫，铲到道路两旁的积雪形成了一道墙。青江按着围了围巾的领口有点儿后悔，早知道应该在羽绒服内多穿几件衣服。

"那就有缘再见。"白发男人说完，和太太一起走向出租车站。他的步伐很轻快。

"即使发生了那种意外，还是会有人来这里。"奥西哲子惊讶地说。

"那当然，就好像即使有人发生山难，仍然有人会在冬天爬山。"

有缘再见——

灰堀温泉村并不大，搞不好真的还会再见到。青江目送着那对夫妻的背影想道。

不一会儿，摄津驾驶着白色休旅车来到车站。

"教授，奥西小姐，不好意思，还麻烦你们特地来这里一趟。"摄津走下车，连续鞠了好几次躬。四十多岁的他有一张圆脸，中年发福，穿了保暖外套后，整个人显得更臃肿。

"没想到竟然会发生这种意外。"

"就是啊。"摄津的两道眉毛皱成了"八"字，"整个小村庄都乱成一团了，我们不知道之后该如何采取对应措施。教授愿意来这里协助，真是太好了。"

"不，我不知道能帮上多少忙，要看了现场才知道。"

"哦，对噢，那我马上带你去。"

青江和奥西哲子一起坐在休旅车的后车座，从车站到灰堀温泉村大约三十分钟。

摄津在开车时，向他说明了意外的大致情况。昨天上午，来自关西的一家人发生了意外。父母带着读小学的儿子一起租车来这里。在他们退房之后，租的车子仍然停在停车场，旅馆老板感到不对劲儿，就和员工一起去附近找他们。有两个人提供了目击证词。其中一个人说，看到男人在村庄南侧的神社旁抽烟；另一个人说，看到女人带着少年走向北侧。于是，老板就和员工分头去找那家人。去神社找人的员工没有发现那个父亲，循着母亲和儿子的脚印去找人的旅馆老板发现了那一家人。在冬季期间禁止进入的空地上，看到一男一女叠在一起倒在地上，附近有很强的硫化氢味道，所以旅馆老板立刻知道他们中了毒。为了避免其他人发生意外，他要求员工不要靠近，打了报案电话。身穿防护衣的消防队员很快就赶到了，把那对夫妻移到安全的地方。两个人的心跳都已经停止了。他们倒地的附近有一个大洞，下方是空洞，有一个少年倒在那里，应该是跌下去的。

"我用电子邮件把标示地点的地图寄给你了，你有没有看过？"摄津握着方向盘问。

"有，就是上次调查时，认为最危险的地点之一。"

"就是啊。"摄津用沉重的语气说。因为他看着前方，所以青江看不到他的脸，但可以想象他的脸皱了起来。

"你们没有采取任何措施吗？像是禁止任何人进入。"

"当然有啊。春季到秋季期间，那里作为器材堆放处使用。冬天就禁止进入，而且也竖了广告牌，上面也写了'禁止进入'，但广告牌不知道什么时候倒了，而且又下了雪，所以就看不到了。"

"倒了？"

“好像是铲雪车撞倒的，因为铲雪车经常在那里掉头。”

“铲雪车？铲雪车开进禁止进入的区域吗？”

“好像是这样。”摄津的声音有点儿不悦。听他的语气，应该也是第一次知道这件事。

“太危险了，即使人在车内，也未必安全。如果雪地的空洞因为某些原因破了，里面积满的硫化氢会喷出来，很可能不只是造成呼吸困难这么简单而已。”

“听负责的人说，他们自己很小心。总之，就是信息没有充分传达给每一个人。”摄津语带歉意地说。虽然不是出于他的本意，但还是造成了轻视青江忠告的结果，他似乎在为这件事感到懊恼。

青江心情郁闷地看着车窗外，发现积雪越来越深。上次是在还未进入严寒时来这里，因为积雪之后，会抑制火山气体的发生，影响调查结果的正确性；反过来说，一旦正式进入冬季，到处都可能是危险的场所。

当他们抵达灰堀温泉村时，发现整个村庄笼罩在异样的气氛中。戴着防毒面具的警察频繁地在两侧有老旧民房的街上走来走去，手上拿的应该是毒气探测器。他们用无线对讲机相互联络，但说话的语气很粗暴。

虽然村庄内弥漫着紧张的气氛，令人意外的是，有不少一看就是来温泉村玩的观光客身影。有老人，也有小家庭，还有情侣的身影。

“你看，”青江对奥西哲子说，“刚才那对夫妻并没有很特别。

无论在任何情况下，都有人相信灾难不会发生在自己身上。"

"毫无根据地相信？"

"对，毫无根据地相信。"

摄津转动方向盘，车子驶向北方。

灰堀温泉村的地理位置很简单，沿着东西走向的是主要道路，主要设施、商店和旅馆几乎都在这条路上。虽然有几条南北走向的路，但道路都不宽，而且没走多远就禁止通行。

这辆车子前往的地点也一样，无法通往任何地方，因为那里有一条会产生危险的火山气体的溪谷。

车子开了一段路，就被站岗的警察拦了下来。因为前方禁止通行。

"我已经向县警打过招呼了，而且也准备了装备。"

摄津向警察说明后，对方才同意他们徒步进入，但要求他们必须戴上防毒面具和护目镜。这些装备都放在后方的行李箱里。

青江、奥西哲子和摄津戴着防毒面具和护目镜，把不必要的东西留在车上，然后走向意外发生的地点。他们知道如何使用防毒面具和护目镜，之前调查期间，也都戴着这些装备。因为他们比任何人都更清楚火山气体有多么可怕。

因为离旅馆聚集的地区有一小段距离，所以雪地上只看到警察。所有人都戴着防毒面具，但他们并没有在做什么，应该只是负责监视，不让闲人靠近意外现场。

路旁有一座老旧的祠堂。上次来这里调查时，从一位老人口中得知了有关这个祠堂的故事。以前经常有小动物死在这附近，所以就建了这个祠堂提醒这附近有危险。

前方出现了空地，有十名左右警察站在那里，其中有几人穿着防护衣。

摄津走过去，和其中一名警察聊了几句，很快就走了回来。

"现场勘验已经结束，浓度虽然已经降低，但还不能拿下防毒面具，所以要求我们格外小心。"

"这里的浓度是多少？"青江问摄津。因为摄津的手上拿着浓度计。

"请等一下。"摄津打开浓度计，"嗯，52ppm。"

"52……那还真高啊。"

当硫化氢气体浓度达到20~30ppm时，就会对呼吸器官产生影响。接近100ppm时，长时间吸入，会导致肺水肿。

向警察打完招呼后，他们继续向前走。雪地很平坦，而且雪质较硬，显然平时有在压雪。

"这里是禁止进入区域，也还会压雪吗？"

"是啊，我刚才也提到，铲雪车经常来这里掉头。"

空地后方的雪堆得很高，似乎证实了摄津说的话。后方应该连铲雪车也没有进入。

"就是那个洞。"摄津指着一部分隆起的雪说。那里有一个宽度接近一米的凹洞，下方应该就是空洞。

一个身穿防护衣的警察站在空洞旁，伸手制止他们，示意他们不要继续靠近。

"地点和我想的一样，下面是温泉水流动的溪谷。"

摄津听了青江的意见后说："你说得对。"

青江叹了一口气，再度巡视周围，发现有两根长木棒交叉成的X字，竖在雪地上，似乎代表危险的意思。

"那是警察来了之后竖在那里的吗？"

青江觉得果真如此的话，那还真草率。

"不是。"摄津否认道，"是负责铲雪工作的人竖的，通知铲雪车的司机，继续进入就很危险。我刚才说，他们自己很小心，就是指这件事。"

"原来是这么一回事。"

他们认为，只要自己知道就好，难怪这么草率。青江终于了解了原因。

"教授，"刚才一直沉默不语的奥西哲子叫了一声，"发生意外的一家人，为什么会来这种地方？"

"我对这个问题也感到不解，"青江看着摄津问，"目前是不是知道那家人为什么会来这里？"

"不，这个问题啊，"摄津稍微提高了音量，"我们也感到不解。为什么要来这种地方？虽然村庄方面也有疏失，没有发现危险警告的牌子倒下了，但正如你们所看到的，这里什么都没有，谁都没想到观光客会特地跑来，而且这条路不通，没办法穿越这里去其他地方，也没有特别漂亮的风景。所以，完全搞不清楚他们为什么来，又来干什么。"

3

意外对策会议在灰堀温泉村的村公所举行。除了县政府和村公所的人以外，还有警察、消防和卫生所的代表都参加了这个会议。摄津向大家介绍青江和奥西哲子是列席本次会议的专家。

首先由警方和消防人员报告了这起意外的概要和原因，除了那家人的姓名和住址以外，其他都是青江已经知道的情况。但有一件事引起了他的注意，就是在空洞中发现少年时，他头朝下倒在那里。

青江举手发问："如果他是站在那里不小心踩进雪地的空洞，通常不是应该维持跌坐的姿势吗？"

负责说明的消防人员听到外人的问题，露出为难的表情。

"虽然你这么说，但发现他的时候，他就是那样的姿势。"

"所以是上半身先掉进空洞的吗？"

"上半身先掉进……洞里吗？"负责报告的人看着贴了发现当时照片的资料，有点儿不知所措，没有继续说下去。

"嗯，应该是这样，这么一想就很合理了。"当地警察分局的局长说，"他可能爬上雪堆，手放在雪堆上时，那堆雪突然沉了下去，结果他上半身就先掉进洞里。嗯，没错，一定就是这样。"

与会者中最有分量的警察分局局长语气坚定地表达了意见，其他人说着"没错""很有道理"，纷纷表示同意。

分局局长心情大好，一脸得意地看着青江说："不愧是专家，提出的问题很尖锐。"

"但是，"青江说，"他为什么要爬那里的雪堆？其他地方也有很多雪堆，而且堆得更高，爬起来也更有成就感。"

分局局长立刻露出不悦的表情："这种事，只有爬的人自己知道。"

负责说明的消防人员举起手说："我听那家人投宿的'山田旅馆'的老板说，他曾经警告吉冈先生，不要去那一带。"

这次遇害的那家人姓吉冈。

"可能他没认真听，或是搞错了地方。"刚才始终一言不发的村长小声嘀咕，"如果是这样，当事人也有疏失……虽然现在也许不该说这种话。"

"不，村长，这件事也很重要，必须搞清楚。"分局局长挺直了身体，"因为家属搞不好会要求赔偿金，所以要好好调查是否明确告知了危险性这件事。"

驼着背的村长把头压得更低了，说了声："那就拜托了。"他应该努力想要减轻村庄方面的责任。

接着开始讨论今后的对策，通往现场的道路禁止通行，以及持续测量附近气体浓度等事项很快就拍板定案，但讨论到目前仍在营业的旅馆和居民问题时，迟迟无法达成协议。因为各方都有自己的立场。

在征求青江的意见时，青江提议，必须立刻撤离游客和居民。

"我通过上次的调查，大致掌握了几个会喷出硫化氢气体的地点，但目前到处都被白雪覆盖，无法了解积雪下面的状况。可能有些地方产生了龟裂，也有像这起意外中所见到的空洞。因为火山气体是气体，所以会无孔不入，而且会移动。也就是说，无论哪里会冒出火山气体都不意外。"

警方和消防人员赞成青江的意见。因为只要居民和游客撤离，他们的工作就轻松多了，但村庄方面的人则面露难色，因为观光是村庄的重要收入来源。

"如果现在撤离所有人，那就意味着明年之后，这里冬天就无法居住，这根本是乱来。"村长小声地说。虽然他说话的语气没有霸气，但可以感受到他坚定的意志。

双方经过讨论，最后得出了由村民自行决定去留的结论。明天之后会劝告撤离，但并不具有强制力。虽然会要求旅馆采取谨慎态度，但是否继续营业，也交由各家旅馆自己判断。青江觉得这种结论很半吊子，但他只是列席这场会议，当然没有立场推翻他们做出的结论。

会议结束后，摄津送青江和奥西哲子前往住宿的旅馆。他们这次要住在遇害那家人投宿的"山田旅馆"。这不是巧合，而是青江提出的要求。因为他觉得或许可以从老板和员工口中打听到有参考价值的消息。

"山田旅馆"是县道旁的大旅馆。听摄津说，除了"山田旅馆"以外，还有两家可以接受超过二十名游客投宿的旅馆，青江和奥西哲子上次就在其中一家住宿。

　　摄津办理入住手续的同时，向他们介绍了旅馆老板。老板叫山田一雄，五十岁左右，这家旅馆是他曾祖父建造的。

　　山田听到青江的头衔，立刻露出诚惶诚恐的表情。

　　"哎呀哎呀，真是给你们添麻烦了。"

　　"不，并没有给我们添麻烦……你们也很伤脑筋吧？"

　　"是啊，第一次遇到这种事，真的吃不消。"

　　"有很多人取消预约吗？"

　　"三分之一左右。客人入住时，我们也会详细说明状况，但当客人问我们有没有问题时，也不能对他们说'很危险'，所以真不知如何是好。"

　　摄津对青江和奥西哲子说："教授，那明天就再麻烦两位了。"然后就先离开了。明天早上要在村公所继续开会。

　　"我听消防人员说，你告诉遇害的那家人，意外现场那里很危险。"

　　青江向老板确认，山田用力点了点头。

　　"对啊，因为吉冈先生问我，有没有推荐的散步路线。我回答说，沿着县道走最理想。他问我可不可以走岔路。我告诉他，往南走，有一家历史悠久的神社，但请他不要往北走。我明确地告诉他，目前这个季节，火山气体会聚集，所以很危险，请他们千万不要靠近。吉冈先生还说，那必须小心点儿。我以为他听懂了，是不是其实并没有听懂？"

"他太太和儿子当时也在场吗？"

"不，只有吉冈先生一个人，所以他可能没有告诉他们。"

青江陷入了沉思。听老板这么说，吉冈一家人没有理由去那里。

"真是太可怜了，一家人难得开心出游，没想到发生这种事，他们一定死都无法瞑目。"山田深有感慨地说。

"你也和吉冈太太、儿子聊过天吗？"

"他们办理退房手续时稍微聊了几句。吉冈太太高兴地说，这次旅行是美好的回忆。他们的儿子看起来也很开心。那个小孩子很活泼，跃跃欲试地说要开始打棒球了。"山田抱着手臂，低下了头。

"他们退房之后，为什么没有马上去开车？"

"我也不知道为什么，听他们的儿子说，要玩什么游戏。"

"游戏？什么游戏？"

"他没说，我还以为要在车上玩手机游戏……"

现在说"游戏"，大部分是指手机游戏。

"哎哟哎哟，真是有缘啊。"突然听到一个男人大声说话的声音，在车站和青江聊天的那个白发男人从旁边的楼梯走了下来。他在浴衣外穿了一件宽棉袍，"我们又见面了，原来我们住同一家旅馆。"

"你好。"青江态度不冷不热地微微欠身，他不喜欢和这种类型的人打交道。

"幸好还是决定来这里。啊，这里的温泉太棒了，我已经泡了两次。晚餐的啤酒应该会很好喝，我现在就开始期待了。"

"哦，那真是太好了。"

"你也赶快去泡一下吧。你的工作已经结束了吧？"

"是啊……"

听到他这番无忧无虑的发言，青江正在思考要怎么回答，这时，身后传来一个声音。

"不好意思。"

回头一看，一个穿着灰色大衣、围着围巾的女人站在那里。她的年纪三十多岁。

"啊，欢迎光临，请问尊姓大名？"山田走进柜台内。

"不，我并没有预约。"那个女人小声地说。

"啊？"山田不知所措地抬起头。

"我虽然没有预约，但我想住宿。"女人抬眼看着山田，客气地问，"不行吗？"

"哦，是这样啊。"山田摸着头，不知道为什么，竟然看着青江。他似乎不知道该不该拒绝。因为有人取消了预约，旅馆应该有空房，提供料理也没问题。

青江觉得万一老板问他该怎么办，他也不知如何回答，于是对奥西哲子说："我们走吧。"

"啊，教授，我请人带你去房间——喂，谁带教授去房间？"山田慌忙对着后方喊道。

4

在温泉中伸直手脚，觉得全身的血液都在加速流动，带走了一天的疲劳。这当然只是错觉，但这种快感令人欲罢不能。

青江把肩膀以下都泡在温泉中，巡视着浴场内。这里有两个排气孔，其中一个设置在和地面相同的高度，完全符合环境省的要求。温泉水随时从浴槽中溢出来，也不光是为了打造出奢华的气氛，更顾及了安全性。每千克温泉水中的硫黄含量超过两毫克的温泉，温泉旅馆在设计上必须符合几项标准。

但是，如果在户外，就没有明确的规范。因为浓度每天都会改变，即使昨天很安全，今天也未必安全。如果禁止出入所有地方，就会影响日常生活。

话说回来——

吉冈一家人为什么要去那里？他们在那里干什么？

山田的话听起来不像在说谎，所以他应该的确告诉了吉冈先生，那里是危险的地方。但是，为什么？虽然青江知道自己思考这个问题毫无意义，但还是很想知道原因。

在大浴场泡完澡后，青江回到房间看数据，很快就到了晚餐时间。餐厅在二楼，他去了二楼，发现奥西哲子已经坐在那里。青江在她对面坐了下来。

青江看了一下周围，发现有十几个客人。虽然很想知道他们对危险性的了解程度，但也不能去问他们。

"咦？"青江的目光停留在角落的座位。刚才那个没有预约就直接来住宿的女人坐在那里。

"看来老板最后还是让她入住了。"

奥西哲子向那个女人的方向瞥了一眼。

"客房并没有住满，旅馆方面没理由拒绝。不过，既然没有预约，为什么会来这种地方？"

"可能一个人旅行，然后心血来潮跑来这里，只不过她不可能不知道这里发生了意外。"

晚餐送了上来，是用了河里的鱼和山菜的朴素菜色。青江迟疑了一下，最后还是决定点啤酒。因为他认为喝点儿啤酒应该不算是行为不检点。

"现在才吃晚餐吗？"头顶上传来说话声，抬头一看，刚才那个白发男人正对他露出笑容。

"呃，是啊……"

青江很想说，看了不就知道了吗？但他并没有说出口。

"我们刚才在房间吃了晚餐，但总觉得意犹未尽，所以我想下来喝一杯，配一些佃煮山菜。"男人说完，没有征求青江的同意，就拉开他旁边的椅子坐了下来。

"你太太呢？"青江问。

"她又去泡温泉了，她比我更喜欢温泉。"

你最好也去泡一下。青江很想这么对他说。

青江根本没问，男人就开始自我介绍。他姓桑原，在横滨开一家公司。

青江也不得不自我介绍。桑原听到他在泰鹏大学任职，立刻双眼发亮，一会儿问他专攻哪个领域，一会儿又问他针对这起意外在调查什么。

"像是气体的浓度，还有发生的地点之类的。"青江在回答的同时，用眼神向奥西哲子求助，但她事不关己地默默吃着晚餐。

"是噢，那真辛苦啊——哦，那位小姐也在。"桑原压低了声音，他似乎也发现了那个没有预约的女人。

"看来老板还是让她住了。"

"是啊，听说她并不知道那起意外，因为临时想到来这里，所以没有预约。"

"你知道得真清楚啊。"

桑原听到青江这么说，意味深长地嘿嘿笑了起来。

"因为是我说服了旅馆老板，既然因为有人取消，旅馆有空房，就让她住下吧。更何况时间这么晚了，不让她住未免太可怜了。"

这个男人不仅爱凑热闹，而且很爱管闲事。

"失陪一下。"桑原说完后站了起来，走向那个女人的座位，向她打了招呼后，在她对面坐了下来。

"太好了。"青江吐了一口气后瞪着奥西哲子，"你怎么不帮忙应付他一下？助理不是应该在教授有难时拔刀相助吗？"

奥西哲子抬起头，眨了眨眼睛说："你刚才有难吗？"

"当然啊，你没发现吗？"

"我听你们的谈话，觉得你们聊得很投机，而且也很开心。"奥西哲子一本正经地说完，再度吃了起来，根本不让青江有机会抱怨。

青江一看桌上，发现瓶装啤酒不知道什么时候已经送了上来。他把啤酒倒进杯子，咕噜咕噜喝了起来。

"因为是美女。"奥西哲子幽幽地说。

"你说什么？"

"那个女人啊。"她微微转过头，"虽然打扮很朴素，但仔细看一下，发现她的五官很漂亮，所以应该有不少男人会为她着迷。"

"你是说，那个姓桑原的人想要勾搭她吗？他太太也在啊。"

"即使没打算在这次旅行期间搞什么花样，也许想要拿到对方的联络方式。更何况通常不会只因为好心就说服旅馆老板让她住宿。"

奥西哲子刚才看起来没有听他们谈话，没想到一字不落地听得很清楚。

青江在吃饭时，不时偷瞄桑原和那个女人。桑原坐在那个女人对面，自己倒着温过的日本酒，不停地和那个女人说话。虽然看不到那个女人的脸，但青江想象她应该觉得很烦，不由得开始同情她。

吃完饭，回到房间为明天的会议做准备时，听到了敲门声。刚才已经和奥西哲子充分讨论了明天的事，照理说不会有人来找自己，青江有点儿纳闷地站起来。

打开门一看，内心忍不住感到厌烦。因为桑原站在门口。

"不好意思打扰你休息了，可以稍微和你聊几句吗？"

"请问有什么事？如果不是重要的事，可以明天再说吗？"

"一下子就好，因为有一件事无论如何都想要告诉你。"桑原压低声音说，"关于那个女人，没有预约就入住的女人。"

又是这件事吗？青江觉得很烦。

"我认为这件事和我没有关系。"

"不，有很大关系。"桑原把脸凑了过来，"和这次的意外有关系。"

"哦？"青江忍不住发出惊叫时，一个中年女人走了过去，露出怀疑的眼神看着他们。

"可以让我先进去再说吗？"桑原小声地问。

青江叹了一口气，拉开门说："请进。"

"打扰了。"桑原走了进来。但青江无意请他再入内，站在原地问他："请问和意外有什么关系？"

"这个嘛，"桑原的声音听起来很严肃，"我和她聊天之后，发现她很奇怪。她说从网络上查到来这家旅馆的方式。我问她是怎么查到的，她一会儿说是看旅馆的网站，一会儿又说是搜寻旅馆时看到的，一直变来变去。这家旅馆的网站上提到这里发生了意外，而且如果用'灰堀温泉'这几个字在网络上搜寻，就会出现很多关于意外的报道，她怎么可能不知道意外的事？难道你不这么觉得吗？"

如果桑原所说的话属实，的确令人怀疑。

"你认为她知道意外的事，特地来这里的吗？"

"这是唯一的可能。如果像我们一样，很早就预约也就罢了，否则通常知道这起意外后，就不会再来这里。虽然难免有些好事的人带着强烈的好奇心来看热闹，但那个女人看起来不是这种人，而且，如果是这样的话，没必要谎称不知道这起意外。"

桑原滔滔不绝说明的内容逻辑很合理，也很有说服力。也许他除了爱凑热闹以外，还具备相当的观察能力。

"所以你认为那个女人基于某种理由，明明知道那起意外，却谎称不知道吗？"

桑原用力点头。

"我认为刚好相反，她因为知道这起意外，所以才决定来这个危险的地方。"

青江也了解了他这句话想要表达的意思。

"你觉得她想来这里自杀？"

"除此以外，还有其他可能吗？"

被桑原这么反问。青江答不上来，只能问他："那你要我做什么？"

"你们明天不是还要继续调查吗？不是要调查哪些地方有危险吗？"

"是啊……"

"既然这样，如果在路上看到她，最好提高警惕。也许她也在调查哪些地方有危险。"

桑原的要求很合理，的确有这种可能。

"好，那我会注意。"

"那就拜托了。不好意思，打扰你休息了。"桑原打开门，准备走出去。

"你真关心那位小姐啊。"青江忍不住说。

桑原转过头，前一刻还严肃的脸上露出了笑容。

"你猜对了。我原本心存不轨，但如果她是因为这样来这里，就不是动歪脑筋的时候了，毕竟人命关天啊。"说完，他偏着头说，"不，这也不是实话，不妨告诉你，我还是对她有点儿企图。虽然不知道她基于什么原因想要自杀，但我想要倾听她的烦恼。这就是我的企图，请你不要告诉我太太。"

青江吐了一口气，点了点头说："没问题，晚安。"

"晚安。"桑原走了出去。

青江关上门，锁上门锁。真是一种米养百种人。他忍不住这么想。

5

第二天早餐后，青江和奥西哲子做好出门的准备，在一楼休息室等摄津来接。因为没有其他客人，青江把昨晚桑原说的事告诉了奥西哲子。

"你有没有什么想法？"

奥西哲子听了青江的问题后，露出理解的表情。

"有道理，如果不是基于这样的原因，不可能临时来这种地方。但是——"青江发现女助理偏着头，"她会想死吗？"

"什么意思？"

"虽然我不知道她有什么烦恼，但我对那个女人是否会选择走上绝路这件事存疑。"

"为什么？"

"因为，"奥西哲子戴着眼镜的双眼发亮，"因为她是美女。"

"你又在说这件事。"青江垂下肩膀，"美女也会有想死的时候。"

"想死和真的走上绝路是两回事。美女即使想死，也会很快找到不需要死也能解决的方法。"

"你说得真有把握。"

"这是建立在统计基础上的推论。"奥西哲子的语气仍然充满自信。

"但是科学家必须随时考虑到例外的状况。"

"我知道，所以，如果她是例外情况，我对她的自杀动机很有兴趣。"

"动机吗？比方说，被男人抛弃了。"

"哼，"奥西哲子用鼻孔喷气，"女人才不会因为这个去死。"

"但女人不是常说，如果你背叛我，那我就死给你看。"

"这只是演戏，如果有男人真的相信，那就真的太笨了。"奥西哲子露出冷漠的眼神看着青江。

"我只是打一个比方而已，"青江说，"并不是有人对我说过这种话。总之，你认定美女不会自杀的想法很危险，如果我们在外面看到她，就要提高警觉。"

不一会儿，穿着保暖外套的摄津走进休息室，一看到青江和奥西哲子，鞠了一躬说："今天也麻烦两位了。"

走出休息室，看到旅馆老板正在和一个男人说话。男人的手臂上戴着"消防"的臂章，两人不知道在争执什么。

"怎么了？"青江问山田。

"啊，教授，请你来评评理，有这么严重吗？真的需要撤离吗？"山田露出求助的眼神。

"我刚才不是说了，并没有强制吗？"消防人员说，"只是劝告大家撤离，认为撤离这里比较好。无论居民还是游客，如果想留在这里，可以继续留在这里。"

"既然留在这里也没问题，就不要劝告大家撤离，这等于在告诉大家，这个村庄很危险。如果明年之后，都没有客人上门，你们要补偿我们吗？还是叫我们把旅馆关了。"

"因为的确有危险，这也没办法啊。我们是根据青江教授调查的数据做出这样的判断。"

"我知道这里很危险，毕竟我在这里住了几十年，我也确实告诉了那家人。如果是因为我的说明方式有问题，要我怎么道歉都可以，但没理由叫我把旅馆关了。"

"我没有说让你把旅馆关了，只是建议可以暂时撤离。"

"谁要你们多管闲事。"

两个人因为情绪激动，根本鸡同鸭讲。青江担心继续留在这里，可能会波及自己，所以悄悄走出旅馆。

"要所有人撤离似乎不太现实。"青江在上车之后说。

摄津一脸愁容地点了点头。

"不光是旅馆，普通民宅也一样。对这里的居民来说，又不是第一次遇到火山气体，他们整天看到野鸟和狐狸中毒死亡，但一直以来，都在完全了解危险性的基础上，继续在这里过日子，无法理解为什么必须为了搞不清楚状况的外来客的死亡，就要求自己撤离，所以也不是不能理解他们的心情。"

搞不清楚状况的外来客——虽然青江觉得用这种说法形容被害人很过分，但对一直在这里平静过日子的居民来说，这应该是他们的真心话。

摄津的车子先前往这次的意外现场。和昨天一样，在禁止进入区域前停了车，然后戴上了防毒面具和护目镜。

走到现场，发现有一对中年男女和看起来像是警察的一群男人在那里。那对中年男女把花束放在雪地上，然后合起双手。

摄津和其中一名警察交谈之后，回到青江他们身旁，小声地说："他们是去世的吉冈先生的姐姐和姐夫。"

"原来是这样。"青江了解了状况，猜想他们应该是来领取吉冈一家人的遗体的。虽然他们的遗体要进行解剖，但今天就可以归还给家属。

家属离开后，青江等人确认了气体的浓度。今天的浓度低于10ppm，所以并没有问题。青江也试着拿下护目镜，眼睛并没有刺痛的感觉。

巡视了附近和几个危险地区后，他们前往村公所。一走进会议室，消防和警方人员面色凝重地正在讨论。今天不见当地警察分局局长的身影。

"怎么了？"摄津问。

那几个人露出犹豫的表情互看了一眼，最后警察局地域课的田村开了口。

"今天，死者的家属来这里了，是吉冈先生的姐姐和姐夫。"

"我知道，刚才我们也遇到了。"摄津回答，"有什么问题吗？"

"不……不瞒你说……"田村犹豫了一下，继续说了下去，"因为听到了有点儿在意的事。"

"什么事？"

"他姐姐说，可能不是意外。"

"怎么回事？"

"这件事千万不能说出去。"田村降低了音量，"吉冈先生上个月辞职了，而且辞职的原因很复杂，据说公司怀疑他盗用公款。吉冈先生不承认，虽然最后终于查明是误会，但他在那件事之后，精神状况出了问题,休息了一段时间后,还是辞职了。只不过房子的房贷还没还完,又要养家,所以他去找姐姐商量,不知道该怎么办。当时他很沮丧,所以他姐姐很担心他想不开。"

"请等一下。"青江忍不住插嘴说,"有可能是自杀吗?"

"只是有可能而已,"田村说话的语气很谨慎,"但不能排除这种可能性。"

"怎么可能?"青江嘀咕着,但他找不到可以明确否认的根据。如果吉冈从山田口中得知那里很危险,特地去那里,似乎也合乎逻辑。

同时,他想起桑原说的事。那个美女来这里真的是为了自杀吗?几年前,发生了多起使用硫化氢自杀的事件,也许目前仍然有不少人认为这是平静走向死亡的方法。

之后举行的对策会议,也都围绕吉冈一家的死可能是自杀的话题。

"我无法理解有人得知是危险的地方,特地带全家一起去。如果是因为失业受到打击,想要自杀的话,或许可以说得通。"

"他太太也同意吗?"

"这就不知道了,搞不好是强迫他们母子一起自杀。"

"他精神状况出了问题,应该是抑郁症吧?听说抑郁症是造成自杀的最大原因。"

"如果是自杀,八成是强迫母子和他一起自杀,至少那个孩子不了解状况。"

大家议论纷纷，但没有人否认自杀的可能性。虽然没有人明说，但显然都认为如果是自杀，这件事就简单多了。因为如此一来，村庄就不必负太大的责任。

青江回想着和山田之间的谈话。山田只告诉吉冈，那个地方很危险，当时吉冈太太和他们的儿子并不在场。吉冈故意不告诉他们，带他们去了那里，一家三口走上绝路的可能性并非不存在。

不——

青江突然想起一件事，重新看着手上的资料。

"目击地点在两个不同的地方。"青江说道。所有人的目光都集中在他身上。

"你在说哪件事？"摄津问。

"我是说发现尸体之前的事。旅馆的人发现吉冈先生他们的车子还在停车场，大家就去找他们。有人在村庄的南侧看到了吉冈先生，也有人看到他太太和儿子走向北侧。在分头寻找之后，才发现一家人倒在北侧的空地上。这是当时的情况，没错吧？"

摄津和几个人相互点了点头，看着青江说："没错。"

"为什么吉冈先生一个人先去了其他地方？"

"为什么……"摄津再度看着其他人。

"是不是有其他事？"田村说，"也许正在寻找适合一家人自杀的地方，但最后发现山田旅馆告诉他的地方最理想，所以就去了那里。之后，又打电话把母子叫去那里。实际上，吉冈太太的手机上有吉冈先生打电话给她的记录。"

"要怎么判断那个地方适不适合自杀？在找容易产生硫化氢气体的地方吗？他这么做的时候，难道没想到可能只有自己中毒身亡吗？"

"你对我这么说，我也……"

田村露出求助的眼神看着其他人，但没有人发言。

6

会议结束后，青江和奥西哲子去看了需要特别注意的地方。青江用气体浓度计测量，奥西哲子负责记录青江读的数值。他们的背包里装了防毒面具和护目镜，随时可以戴起来。

在民宅密集的区域，浓度计几乎没有反应，难怪这里的居民不愿撤离。

"教授，"奥西哲子碰了碰青江的腰，"你看。"她的视线看向前方。

青江顺着她示意的方向看去，倒吸了一口气。因为那个女人——桑原在意的那个女人在那里。她正站在禁止进入的牌子前和负责站岗的警察说话。

当青江和奥西哲子走过去时，那个女人瞥了他们一眼，匆匆离开了，坐上了停在附近的车子。看车牌就知道是租来的车子。

"原来她租车来这里。"奥西哲子目送车子迅速离去时说。

"是啊……"

如果她打算自杀，难道准备把车子丢在这里吗？青江忍不住思考这个问题。

"辛苦了。"他向站岗的年轻警察打招呼。虽然警察穿着保暖外套，但一直站在寒冷的天气中应该很痛苦。警察露出一丝柔和的表情，向他们鞠了一躬。

青江拿出名片自我介绍后问警察："请问刚才的女人和你说了什么？"

"她问火山气体的事，问现在是不是还有危险的气体，还有哪里最危险。"

"你怎么回答？"

"我说目前各方人马都在详细调查，在了解明确的结果之前，所有可能有危险的地方都禁止进入……"警察木讷地回答后，露出窥视的眼神问，"这样回答有问题吗？"

"不，这样没问题。"

年轻警察听了青江的回答，露出松了一口气的表情。他们也第一次遇到这种状况，不知道该如何应对，很担心不当言行会造成恐慌。

之后，青江和奥西哲子继续在村庄内四处查看。村庄虽然不大，但有些地方结了冰，为了避免滑倒，所以移动的时间也拉长了。

当他们来到村庄南端时，看到一座古老的神社。

"啊，就是这座神社。"奥西哲子恍然大悟地说。

"这座神社怎么了？"

"今天上午开会时，不是提到了吗？在发现遗体之前，吉冈先生一家人的行踪。他太太和儿子走向村庄北侧，有人看到吉冈先生在南侧。"

"这我知道，但和这座神社有什么关系？"

奥西哲子心浮气躁地微微皱起眉头。

"你昨天没听到摄津先生说吗？有人看到吉冈先生在神社旁抽烟。"

"哦。"青江点了点头，"你这么一说，我想起来了。"

"听山田先生说，吉冈先生问他适合散步的路线，他告诉吉冈先生，往南走，可以走到神社，所以吉冈先生就走来这里查看。"

"他为什么一个人来这里？"

"我怎么知道？"

青江看了气体浓度计的数值，发现几乎是零。青江并不意外，因为上次调查时，也没有发现这一带有火山气体。

吉冈为什么一个人在这里抽烟？如果他在找一个自杀之处，这里根本没有硫黄味。

他们走回村公所附近时，看到摄津正站在路旁和一个中年女人说话。他发现了青江他们，叫了一声"教授"，向他们招手。

"我来介绍一下，这位是在意外当天看到吉冈太太和她儿子的佐藤太太。"

"哦，原来是这样啊。"青江看着那个女人。佐藤太太身材微胖，脸也很圆。

"刚才刚好在这里遇到佐藤太太，所以请她回想一下当时的情况，像是那对母子的神情之类的。"摄津说。

"有没有想起什么呢？"青江问佐藤太太。

"即使现在问我……"佐藤太太偏着头，"因为只是擦肩而过，所以我不太记得了。听到他们提到鸟居，但他们走的方向和神社相反。"

"鸟居？除此以外，他们还说了什么？"

佐藤太太皱着眉头，摇了摇手。

"我不是说了吗？只是擦肩而过，没听到他们说其他的话。"

那倒是。青江也不得不表示同意，能够听到只言片语，已经很厉害了。

"可以了吗？我还要去买菜。"佐藤太太说。

"啊，可以了，谢谢你。"青江向她道谢。

佐藤太太转身离开了，但立刻停下脚步，转过身，目不转睛地看着奥西哲子的手。奥西哲子手上拿着板夹，上面夹着记录各个地方气体浓度的数据。

"怎么了吗？"青江问。

佐藤太太一脸思考的表情走了回来。

"我记得当时手上好像拿着纸。"

"纸？"

"那个儿子，我记得他走路时两手像这样拿着纸。"佐藤太太做出双手拿纸的姿势。

"怎样的纸？"

"怎样的纸……应该是普通的白纸吧。对不起，我真的不记得了。"

"普通的纸……"

"对不起，没办法提供像样的线索。"佐藤太太说完，转身离开了。

"不好意思，"摄津摸着头，"看来没必要特地叫住你们。"

"不，没这回事。"

三个人一起走去村公所的路上，青江看到一样东西，停下了脚步。路旁的一块牌子上画了村庄的地图，他看着代表神社的鸟居符号时，突然灵光一闪。

"该不会……"青江转身沿着来路走了回去。

"你要去哪里？"奥西哲子追了上去。摄津也跟在后面。

"刚才的神社，也许会找到意想不到的东西。"

"什么意想不到的东西？"

"这个啊，"青江停下脚步，"要找到了才知道。"

"什么？"

"总之，要赶快去看看。"青江小跑起来。

回到神社后，青江巡视周围。这里和发生意外的地点一样，积雪都堆在道路两旁。他走动时仔细观察着积雪的表面。

"你到底在找什么？"奥西哲子问。

"记号。"

"记号？"

"如果我的推理正确，某个地方应该会有记号。"

青江回答的同时，在积雪表面寻找，但他甚至不知道会是什么记号。

不一会儿，青江终于停下了脚步。因为他看到雪地上放了树枝。两根交叉的树枝形成了"X"字。

他拿开树枝，用戴着手套的手在雪地里挖了起来，很快就挖到了。有什么东西埋在雪地里了。

他拿出的东西装在塑料袋里。

"啊！"身旁的奥西哲子叫了起来。

"教授，这是……"摄津说到一半，似乎也不知道接下来该说什么。

"摄津先生，必须马上找一样东西。"青江说。

7

太阳开始下山时，才接到摄津的电话，说东西找到了。青江和奥西哲子在村公所等待，摄津很快就回来了。

"因为那里很危险，所以请警察穿上防护衣后寻找，果然掉在雪地的空洞内。"摄津说完，递给青江一张纸，"因为警方还要调查，所以那张纸就交给他们了，这张是复印件。教授，你太厉害了，和你推理的一样。"

青江接过复印件一看，忍不住倒吸了一口气。正如摄津所说，上面画的内容和他预期的完全一样。

那是一张简单的地图，用几条线代表道路，同时还有代表树林和房子的图，还有鸟居符号，以及在鸟居不远处的 X 记号——

吉冈一家人办理退房手续时，少年对山田说："等一下要玩游戏。"青江一直很在意他要玩什么游戏。

听到佐藤太太说少年走路的时候，手上拿着摊开的纸，之后又看到画了村内地图的牌子时，终于灵光一现。他们是不是要玩寻宝游戏？少年走路时拿的纸，会不会是标示了宝藏地点的寻宝图？

谁画了那张地图？应该不是和少年一起行动的母亲，所以应该是父亲画的。这么一想，就搞不懂为什么只有父亲一个人在南侧的神社旁。他在那里干什么？

他是不是在等待儿子和妻子出现？因为藏宝地点就在那儿附近。只要按照地图前进，就应该会走到那里。地图上的鸟居符号就是代表神社。

但是，妻子和儿子迟迟没有出现。吉冈忍不住担心，开始找他们，最后来到村庄的北侧，看到了那座祠堂。他心想不妙，继续往前走。因为他担心儿子以为地图上的鸟居符号是代表那座祠堂。

吉冈来到那片空地，看到妻子倒在地上，而且发现儿子掉进了空洞。他想要救他们母子，但吸入了硫化氢气体，当场昏了过去。

少年和母亲吸入硫化氢气体的原因很简单，那就是因为看错了地图。不幸的是，那片空地上竖了 X 记号的树枝，那是显示铲雪车进入的极限。少年想要挖那里的宝藏，结果踩进了雪地的空洞。

"好几个不幸的巧合凑在了一起。"奥西哲子看着地图的复印件，用沉痛的声音小声地说。

青江看着会议桌，桌上放着装在塑料袋里的东西。

里面是一副崭新的棒球手套，还附了一张写着"生日快乐"的卡片。

8

回到旅馆，天色已经一片漆黑。正在柜台的山田鞠躬对他们说："欢迎回来。"

"终于了解到令人痛心的真相了。"

青江说完这句开场白后，把造成吉冈一家悲剧的原因告诉了山田。山田听了，忍不住目瞪口呆。

"原来是这样啊，真是太令人痛心了。"山田皱着眉头，痛苦不已。

"全都怪禁止进入的牌子倒了，所以，已经请相关单位重新确认危险的地方是否有明显的标志。"

"是吗？我以后也要更加明确地告诉客人，千万不要靠近这些地方。"山田一脸严肃地说。

青江和昨天一样，在晚餐前去大浴场泡澡暖和一下。他泡在浴池里伸展手脚时，入口的门打开了，桑原走了进来。"哎哟，又遇到了。"桑原向他打招呼，青江也只好说："你好。"

"调查的情况怎么样？"桑原挤到青江旁问。

"还算差强人意。"

青江觉得没必要告诉他意外的原因，而且也没有提看到那个女人的事。因为很怕他又问东问西。

青江正在洗身体，桑原说了声："那我先走了。"然后就离开了。没想到他才泡一下就结束了，还是说，他的泡澡习惯是短暂而频繁的？

当青江穿好衣服，走出大浴场时，在走廊上看到了桑原。他站在窗边，正在打电话。他瞥了青江一眼，立刻挂上了电话。

"真是伤脑筋，工作的电话竟然追到这里来了。"

"那还真是辛苦啊。"

关我屁事。青江在心里嘀咕。

桑原看着窗外，"咦"了一声。

"怎么了？"

"那个女人，她要去哪里？"

青江站在桑原身旁，低头看着窗外。一个女人走在空荡荡的路上，从背影来看，的确像是那个女人。

"这么晚还一个人出门，到底有什么事？真让人在意啊。"桑原喃喃地说道。

会不会是把什么东西忘在车上了？青江虽然这么想，但并没有说出口。因为他懒得向桑原说明，为什么知道她租车来这里。

"不知道啊。"青江只说了这句话，就离开了窗口。

他先回房间，然后去了餐厅。奥西哲子还没有来，他正在犹豫要不要点啤酒，奥西哲子走了进来。

"真难得啊，你竟然会迟到。"

"不好意思，因为我想拿一份村庄的地图，所以去一楼找了一下，结果没找到。"

"村庄的地图？为什么要地图？"

"因为我想你在写这次意外的报告时，可以用来参考。"

"报告？我才不打算写这种东西。"

奥西哲子推了推黑框眼镜，说："我觉得你写一下比较好。"

"为什么？"

"因为可以发挥宣传作用。因为地球化学的知名度相当低。"

"呃。"青江一时语塞。

"对了，我遇到那个人了，那个奇怪的人，是不是叫……桑原？"

"你也遇到他了吗？我也在大浴场遇到他了。他在一楼做什么？"

"不是在那里做什么，而是经过那里，他去外面了。"

"什么？"青江看着奥西哲子，"他去外面了？"

"对啊，这种时间一个人出去，不知道有什么事。"

"该不会……去找她了？"

"找谁？"

青江把刚才走出大浴场时和桑原之间的对话告诉了奥西哲子。

"是吗？原来那个女人一个人，但他竟然会去找她，看来很执着啊，明明他太太也一起来了。"

"真有点儿担心，希望他们不会去危险的地方。"

青江越想越觉得不对劲儿。桑原或许对那个女人一见钟情，但如果担心她会自杀，不是应该报警吗？

"奥西，不好意思，可不可以跟我来一下？"青江站起来问。

"好啊，要去哪里？"

"我去问桑原太太，也许桑原先生因为其他事情外出。"

走出餐厅后，找到了山田，打听了桑原夫妇住的房间。他们住在比青江他们高一个楼层的房间。来到他们住的房间门口，敲了敲门，听到一个女人的声音说："来了。"门很快就打开了。

"……有什么事吗？"桑原太太一脸不安地探头问。

"你先生出去了，请问他去干什么了？"

桑原太太听了青江的问题，讶异地皱起眉头："你为什么问……"

"你也知道，目前村庄内有些地方很危险，尽可能不要外出，更何况是这种时间。如果方便的话，是不是可以告诉我，你先生外出的理由？"

桑原太太吞着口水。

"理由……我不知道。"

"你不知道？你没问他吗？"

"他做事向来我行我素，什么都不告诉我……所以，那个……我不知道。对不起，可以了吗？我累了。"

"不，但是——"

门"砰"的一声关上了，打断了青江的话。

"这是怎么回事？她先生一个人离开旅馆，她不问理由吗？"

青江偏着头，正准备离开，但奥西哲子没有跟上来。青江讶异地回头看她，发现她一脸可怕的表情盯着青江。

"怎么了？"

奥西哲子缓缓开了口。

"她是不是刚哭过？"

"什么？"

"她左手握的手帕湿了，你不觉得她的眼睛也很红吗？"

青江眨了眨眼。虽然他没有发现手帕的事，但桑原太太的眼眶的确有点儿红。

"而且，"奥西哲子继续说着，"她握着手帕的手在颤抖，好像在害怕什么。她是不是知道接下来要发生的事，所以感到害怕？"

青江大吃一惊，立刻理解了女助理想要说什么。

他再度敲着门，喊着"桑原太太""桑原太太"。

门又打开了，桑原太太探出头。她的眼睛的确充血，而且比刚才更红了。

"请你告诉我，你知道你先生为什么离开旅馆，对吗？你知道他想干什么吧？"青江质问道。

她的脸皱成一团，双腿一软，"哇哇"放声大哭起来。

在青江质问桑原太太的三十分钟后，警察找到了桑原。在这次意外的现场发现他时，他正在拼命挖雪。他似乎以为只要挖雪，就会有硫化氢气体外泄。

青江在村公所的会议室见到了满脸憔悴的桑原。警方和消防人员也都在场。他们接到青江的通知后立刻出动，展开了搜索。

"可不可以请你说明一下？虽然我已经猜到了大致的情况，但还是希望你亲口说出真相。"

桑原听了青江的话，用力点了点头，然后小声地说出以下的内容。

他经营的公司业绩恶化，已经面临破产的命运。他欠下大笔债务，连家都保不住了，但他并不在意这件事。最令他痛苦的是一旦公司倒闭，会对不起那些曾经照顾他的人，不光是金钱方面的问题，他更觉得愧对用各种方式支持他的人。

于是，他想到了保险金。他投保了巨额保险，决心伪装成意外死亡。虽然他太太反对，但他说服了太太，因为这是唯一的方法。

他想到了好方法。他之前来灰堀温泉，听说这里是火山气体会外泄的危险地区，于是认为即使在这里中毒身亡，也没有人会怀疑他是自杀。

于是，他预约了旅馆，没想到发生了意想不到的事，竟然有一家人抢先意外身亡了。桑原着急起来，因为发生意外之后，一定会加强监视。即使顺利躲过监视，别人也会对为什么要特地闯入危险的区域产生怀疑，于是就会怀疑他是自杀。

他烦恼了很久，最后决定制造一个神秘的自杀者。他为了阻止那个人自杀而去四处寻找，不小心闯入了危险地区，导致中毒身亡。这就是他编的剧本。

于是，他立刻雇用了认识的酒店小姐配合他演戏。只要在温泉地按照自己的指示行动，就给她十万日元——酒店小姐答应了。桑原当然没有告诉她计划的详细内容。

必须要有证人，这个故事才能成立。他之所以挑选青江，当然是因为酒店小姐来旅馆时，青江刚好在场，但青江是正在调查意外的学者这件事也帮了很大的忙。因为青江比普通旅客更了解火山气体的危险性。桑原猜想青江听到自己说，神秘的女人可能想要自杀，一定会认真对待。

让青江看到酒店小姐一个人走出旅馆当然也是桑原事先安排好的。当青江走出大浴场时，桑原正在打电话，他打电话的对象正是那个酒店小姐。为了让青江看到酒店小姐，他用电话联络，告诉酒店小姐走出旅馆的时机。

那个酒店小姐目前开着租来的车前往车站后，应该已经搭上了前往东京的列车。如果快的话，明天的新闻中或许就会看到桑原的死讯，但桑原猜想她不会告诉警察，自己接受了怎样的委托。

桑原坦承一切后，有好一阵子，没有任何人说话。大家都在等待青江开口。

青江叹了一口气后说："你真是个笨蛋。"

桑原的肩膀抖了一下。青江低头看着他，继续说道："我不关心你死在哪里，用什么方法去死，你想死就去死。但是，我要告诉你一句话，绝对不要把自杀伪装成意外。如果想自杀，就留下遗书，否则会为整个村庄带来麻烦，你把村民的生活当成什么了！"

桑原的脑袋动了一下，不知道他在点头，还是垂下了脑袋。

9

青江在接到 D 县警室田的请求隔天，抵达了赤熊温泉车站。他搭了早上第一班电车来到这里。室田说，他会在月台上等青江，所以青江下了电车后巡视周围，但并没有看到像室田的人。

他在无奈之下，只能坐在长椅上等待。木制的长椅冰冷，一屁股坐上去后，一阵寒意穿越背脊。

月台上没什么人，只有一对母女和一个穿着登山夹克的年轻人。年轻人用登山夹克的帽子包住了头。他们正在等和青江刚才搭的那班车反方向的电车。

小女孩不知道从哪里拿出了一个五彩缤纷的东西玩了起来。是很怀旧的纸气球。她灵巧地让纸气球在她手上弹跳着。

突然一阵强风吹来。冰冷的风一下子冷到骨子里，青江忍不住缩起身体。

他听到"啊"的一声，小女孩抬头看着天空。青江也顺着她的视线望去，发现纸气球飞向空中，似乎被刚才的那阵风吹走了。

真可怜。青江心想。纸气球应该会掉落在铁轨上。

这时，戴帽子的年轻人采取了行动。他移动了数米，站在月台边，向前伸出右手。

飘在空中的纸气球轻轻地落在了他的右手上。

青江眨着眼睛。刚才是怎么一回事？那个年轻人做了什么？他接住了被风吹走的纸气球。就只是这样而已吗？他看起来就像事先知道纸气球掉落的位置，然后轻轻伸出手——

"给你。"年轻人把纸气球交给了女孩。"谢谢。"女孩向他道谢。年轻人的脸被帽子遮住了，所以看不清楚。

"请问是青江教授吗？"突然有人对他说话，两个男人跑了过来。

"我就是。"青江站了起来。

"不好意思，我们迟到了。因为被一些事情耽搁了，我就是打电话给你的室田。"方脸浓眉，让人联想到木屐的男人在说话的同时递上了名片。

"很高兴认识你。"青江也递上了名片。

这时，电车进站了，是一辆只有四节车厢的电车。

"教授，谢谢你千里迢迢来这里提供协助。"

室田介绍了身旁的男人。他姓矾部，是 D 县环境保全课派来的职员。矾部戴着眼镜，有点儿暴牙，就像是以前外国漫画中画的日本人。

"谢谢你的大力协助。"矾部深深地鞠躬。

"我们走吧，车子等在外面。"

青江在室田的催促下迈开步伐，不经意地回头一看，那个年轻人和那对母女都已经上了电车。

他们搭了停在车站前的警车前往现场。一名年轻警察负责开车，室田坐在副驾驶座上。

"听说是硫化氢导致中毒死亡，目前怀疑有他杀的可能性吗？"青江轮流看着身旁的矾部和副驾驶座上的室田问。

"不，我在电话中也稍微提了一下，并没有怀疑是他杀。"室田回答，"警方认为只是单纯的意外，不太可能是其他原因。只不过必须了解当地人对有可能发生意外这件事，是否采取了适当的措施，或是采取了何种程度的措施，也就是要调查是否有过失。"

"听当地居民说，第一次发生这种意外。"矾部似乎在为居民辩护。

"赤熊温泉可能是第一次发生，但其他温泉发生过意外。既然这样，就应该考虑到这里也可能发生，采取双重、三重的预防措施。"

室田的意见的确很正确，只不过青江无法轻易同意。对在这片土地上生活多年的居民来说，闻到硫黄味是很正常的事，不能因为他们没有采取措施就认为他们有疏失。

青江不由得想起之前在灰堀温泉村发生的事。这次也是因为好几个不幸的巧合凑在一起，才会发生这样的意外吗？

警车停在登山道入口的牌子前，但这里目前已经拉起了封锁线，前方无法通行。

附近停了好几辆警方的车，还有戴着防毒面具的警察站岗。

"不好意思，从这里开始要走路了。"室田说。

青江回答说："没问题。"

青江戴上事先准备的防毒面具和护目镜后，和室田、矶部一起走在登山道上。他情不自禁地想起之前去灰堀温泉村的事，但这次和当时有一个决定性的不同，那就是目前这里还没有下雪。这里不像灰堀温泉村那样，雪地有空洞。

中途，从登山道转入了岔路。看起来不像是正式的路，可能是兽径。

"死者为什么走来这种地方？"青江问。

"好像是走错路了。"室田回答，"死者和他太太打算去赤熊瀑布，老实说，那里根本称不上是名胜。"

"原来是这样。"

这就是第一个不幸的巧合吗？青江暗想。

继续往前走，来到一块细长形的洼地。左右两侧都是山，下方有一条溪谷。

几个穿着保暖外套的男人正在作业，看到室田他们后点了点头。可能是相关的工作人员。

室田停下脚步："死者就倒在这里。"

青江打量着四周。这里是洼地，比空气更重的硫化氢的确比较容易聚集在这里。

不知道意外是在怎样的状况下发生的。他正在思考这个问题时，突然浮现出一个疑问。

"你刚才说，死者和他太太在一起，他太太没事吗？"

"意外发生时，他太太并没有和他在一起。"室田回答。

"没有和他在一起？为什么？"

"他太太说，走到这附近时，想到忘了带相机的电池。于是她丈夫就留在原地，她一个人回旅馆去了。当她回到这里时，发现她丈夫倒在地上。她马上联络旅馆，叫了救护车。"

"相机的电池……"

"说起来，真是不幸中的大幸，"矶部开了口，"死者太太还很年轻，才三十岁左右。如果当时没有离开，应该会和她先生一样中毒身亡。"

"是噢……"

青江说话时一阵风吹来。风很强，即使有硫化氢气体聚集在此，应该也会很快被吹走。

青江看着细长形的洼地前方陷入了沉思。在怎样的条件下，这里聚集的硫化氢浓度会达到致死的程度？

不幸的巧合凑在一起——可以用这么简单的话解释吗？

除此以外，并没有其他可能。人为造成的可能性是零，除非这个世界上有可以称为"魔力"的东西——

不知道为什么，他突然想起刚才看到的纸气球。